“啥人啥命，急不得，争不来。”

“多运动，早睡觉，开开心心就好。”

插图 / 李超，山东省美术家协会职业道德建设委员会委员

岁月刚刚好

SUIYUE GANG GANG HAO

周楠 ——著

天津出版传媒集团
百花文艺出版社
·天津·

图书在版编目（CIP）数据

岁月刚刚好 / 周楠著.--天津：百花文艺出版社
2025.1--ISBN 978-7-5306-9041-3
Ⅰ. I267
中国国家版本馆CIP数据核字第2025PE7399号

岁月刚刚好
SUIYUE GANGGANG HAO
周楠　著

出 版 人：薛印胜
责任编辑：魏　青
装帧设计：刘明乐
插　　图：李　超
出版发行：百花文艺出版社
地　　址：天津市和平西康路35号　　　邮编：550000
电　　话：+86-22-23332651（发行部）
+86-22-23332656（总编室）
+86-22-23332478（邮购部）
网　　址：http：//www.baihuawenyi.com
印　　刷：长沙裕锦印务实业有限公司
开　　本：880 mm × 1230 mm　1/32
字　　数：120千字
印　　张：7
版　　次：2025年1月第1版
印　　次：2025年1月第1次印刷
定　　价：68.00元

如有印装质量问题，请与长沙裕锦印务实业有限公司联系调换
地址：长沙市树木岭民营工业园B7栋
电话：（0731）84410549　17319008608　邮编：410006

谨以此书作为退休礼物送给父亲
希望能够给他带来意想不到的惊喜
还有母亲
希望她在看到我对她的讲述时
会欣慰，会骄傲

序

几句起笔前的话：

要相信一切的萌生、开始与结束都是刚刚好，它们都遵从着一个字——“缘”，这大概是到目前为止在我三十年人生里说过最多的一个字了，我习惯将它与“随”搭配，即为“随缘”。从陌生的房间走向陌生的城市再一路奔向陌生的世界中去，我相信所有的遇见都起于缘，所有的失去也都终于缘。事实上自己唯一做了的事情就是向前走，沿着当下自以为对的方向，在此之外如果说还有些什么事情是一直在发生着的，恐怕就是对那飘忽不定的“缘”将随何而去的忍不住的遐想了。

追缘之源头，母亲、医护、父亲，按照先后顺序排列，再按照亲近顺序筛选，将母亲与父亲归类到第一缕缘分中。在单位宿舍楼下，敞开的宿舍楼大门与旁边一楼凸出的阳台有一块狭窄又荫蔽的空间。时值盛夏正午时分，济南的大太阳把陈旧的柏油路面烤出了一层直晃人眼的黑油，总有细心的人会发现那块荫蔽的空间是处绝妙的避暑胜地。我顶着暑气从外面回来，猛然抬头发现了一个人，先是心头一惊，然后驻足观察了一会儿，那是个四五十岁的男人，身穿黄色的建筑工装马甲、深色裤子和绿色胶鞋，他枕着胳膊、双腿蜷曲卧躺其中，那块地方的大小刚刚够用。

男人脸上的皮肤呈现均匀的深咖色，顺着脖颈藏匿进马甲里，尽管睡觉时脸部表现出松弛的状态，但仍然打眼就能够看到他脸上一道短一道长、一道平一道斜的皱纹。他的肤色与皱纹都像是从肉里面长出来的，如经了久旱与暴晒后的土地一般，裂到了根里。这个工夫，男人似乎为我的目光所打扰，忽地惊醒，见我没有恶意，又和衣睡去。他令我顿时想起了我的父亲与母亲，他们和这个卧躺纳凉的男人一样，都是最普通最广大的劳动者，可我仍然对这个男人心生惊诧，我惊诧的是什么？是他生活的辛酸吗？显然他的劳动缺乏一份体面的包装，但对此他似乎并没有任何知觉，他如此舒适也如此坦然，与陶渊明“采菊东篱下，悠然见南山”是否也有异曲同工之妙？他必定也是为了与他缘分牵系的人而劳苦不疲。

还有一回，因为家里打的柜子台面预留的管道口尺寸小了，所以我到街头寻了个木工来扩一下尺寸。这位木工的年龄比上面说的建筑工人大些，应该与我父亲差不多大，他的技术在我看来倒是一般，不过他干活的耐心却是蛮不错的。因为开口的位置蹩脚，木工蹲下身先是用小锯一点点拉，等他起身时，头帘上、眉毛上、眼窝四周都已经沾满了金黄色的木渣。后来手工不行又上了电动工具，霎时间木屑纷纷扬扬，像漫天的“沙尘暴”，又像密集的“黄金雨”，顿时将他笼罩了起来。熟热的木头味儿令站在几米开外的我都觉得一阵难以呼吸，可木工却好像习以为常，不知他是练会了长时间憋气，还是学会了用鼻子过滤异味。走时我送他下楼，在电梯里木工和我聊起了房子，他说他儿子就在附近的厂子里开大车，去年他帮儿子买了套五十多平方米的二手房，为了儿子，他还得再干几年。

对于我的父亲和母亲，我必定是心怀感激的。因为他们卖力地劳动，才使家里的生活不算太过贫穷，起码我自小长大并未因衣食住行而担忧；他们也不属于富裕的一类，这也为我更早更多地创造了独自面对人生困苦的机会，不是他们想这样，而是他们无能为力；还因为他们毫不吝啬，慷慨到可以毫无保留地将他们所拥有的一切全部给予我。如果说“至爱”这个词是对爱之深的最高表述，那么用“至爱”来形容他们对我的给予丝毫不为过，与“随缘”恰恰相反，在这个世界上，“至爱”这个词只会被用一次。

二〇一四年央视春节联欢晚会上一首《时间都去哪儿了》，把许多人都唱哭了，当时我的眼睛也有些湿润，母亲连连夸赞这首歌唱得太真实了。那年我上大二，许是因为那个时候我依然从未远离过家，所以时间的流逝于我而言最大的感触就是假期再也没有作业，再也没有补习班，再也不必算计着时间看电视，再也不用为了穿身崭新的衣服而眼巴巴盼着春节的到来。尽管我也不知道那些时间都去哪儿了，但这并不重要，既然过去的时间为我带来了现在的自由，那就任由那些时间流到它们想去或是不得不去的地方吧，这或许就是属于它们的“缘”。就这样，时间又以其看似不变的速度偷偷流淌了一段，直到我大学毕业，直到我去了陌生的城市，直到“家”被手机屏幕的尺寸而限定，直到我突然惊讶地问自己：“时间都去哪儿了？”

在这次起笔之前，我其实经历过反复的犹豫与思虑，主要归结于两个方面的问题。其一，要不要写？其二，该不该写？因为第一部作品《秋落凡生》而积攒下的几年写作经验，我知道在这样长篇文学作品的创作过程中，将不可避免会经常性地遭受到自我质疑的落寞、祈盼灵感的孤独、字里行间的熬磨，这些都令我心生畏惧，也是我犹豫不决的重要原因；还有一个令我思虑良久的问题：我该不该在这个既未成家又涉世不深的人生阶段去尝试这样的题材？我怕自己的理解不够深刻，怕自己的体悟不够厚重，也怕自己的表达不够准确，而白白辜负了即将付出的时日，也辜负了自己对这部作品的期许。

父亲曾多次开玩笑地问我，我的文章里有没有写他，然后又兴致勃勃地告诉我：“你下次写写我，写我就能获奖了。”他一说，我一笑，也就这样过去了，看似我与父亲都没有在意，我是没有放在心上，而父亲却一定是有些期盼的，想看看我会把他刻画成什么模样，更想知道在我心里他是个什么样的父亲。今年春节时候，父亲说明年春节前他就退休了，他可以带着我的母亲一起去我所在的城市过年。父亲的设想启发了我，所有的犹豫不过都是心之所向的遮掩，此刻我已确然，我决定用笔戳破那层透光的窗户纸，那些所谓的不够深刻、不够厚重、不够准确，还有人为打算赋予它的什么意义，被这突然的启发顿时搞得毫无意义了。我在这里写下的和即将写下的文字将变成赠予父亲的退休礼物，就像我小时候在他的生日面上用黄瓜条歪歪扭扭地摆了个“寿”字一样，仅此而已。虽然我无法送出一份昂贵的礼物，但我希望这份礼物可以是独一无二的，并且最重要的是它的出现刚刚好，我觉得我做到了，它一定会为父亲带来意想不到的惊喜。当然，还有母亲，希望她在看到我对她的讲述时，会欣慰，会骄傲，这便是促使我开启这段写作之旅最真挚的初衷与最强大的动力。

二〇二二年十一月五日于烟台

目录

第一章 片段

一
困难

我已度过的人生可以按生活方式大致分成两个阶段，大学是两个阶段的分界点，之前属于“圈养”，之后变成了“散养”。小时候我最羡慕的就是邻里那些与我差不多大的孩子，端着水枪、捧着赛车在楼前楼后追来逐去，每到饭点之时，就会有家长打开窗户大喊一声：“××，回家吃饭了。”我由此而得知了许多孩子的小名。召唤既已发出，他们就像归巢的小鸟般纷纷向自家的楼门口跑去，当然总会有贪玩儿的，再三喊不见回应之后，那召唤的语气立刻就会变得严厉，语调也变得尖锐起来，用我们东北方言来讲这就叫作“哈虎”。再不见，便会有人从楼上下来，气呼呼地将贪玩儿的孩子拎回家去。所以在上大学之前，我绝大部分认知都是从课本与电视中得来的，电视应该更多一点，真正自己亲身走近过的风景着实有限。

高中毕业后，一张深红色的大学录取通知书将我推出了围栏，自由真是令人上瘾的奢侈品，初尝自由之美好，我像匹脱缰的马儿遇到了辽阔的草原，一张接续一张的火车票，在祖国广袤的大地上，去过北方之北，到过南方之南，我曾在一篇散文的结尾处这样写道：“走得愈远，感受愈发鲜明而强烈，脚下土地的辽阔，是无论我乘何种交通工具，或穷尽多少时间，都无法抚摸遍其每一寸肌肤的。”如自己所写的这般，现在的感受要比当时更加强烈。尽管脑袋跟随脚步积攒下了许多美丽的风景，可当我此刻坐在电脑前，准备写下最难忘的几处风景时，脑海中竟然浮现出了儿时看火车的情景：我站在桥上看桥下驶过一列长长的火车，其中有几节平板车载着许多根用铁丝固定起来的圆木头；还有我骑坐在墙头上，数着不远处缓缓开进车站的火车头后一共有多少节车厢……五十多节……我到现在还记得，肯定是超过五十了。我十分好奇，相比于长白山顶引人向往的天池，相比于内蒙古草原上风情别致的落日，相比于黄鹤楼外滚滚东去的长江水，我怎么会联想到这样两幅画面？

父亲说我是个没有主见的人，他最看不上的就是我对工作缺少知足与热爱，并且在每一次争论中，他都以此为据斥责我的幼稚。我嘴上必然是竭力反驳的，但内心还是有些认同，不过我并不认可这叫“没有主见”，我管这种情况叫作“潜在心底的活跃欲望依然活跃”。高考那年我接受了父亲的报考建议，于是大学毕业后记忆中的风景成了生活里的背景，我与父亲经常性的争论便自此开始了。

首先，正式介绍一下我的父亲，在几公里长的钢轨上来来回回跑了几十年的一个“铁路工人”，这是他身份的归属，至于再细分其类，可能由于专业的问题很少会有人知道，但提到一部电影大家就容易理解了——《铁道游击队》，他们就是当下的“铁道游击队”。回忆一下我印象里父亲工作时的样子，他站在列车即将经过的那条铁道线旁等待火车驶来，眼神要先于手和脚动起来，要比手和脚更麻利，先是跟车助跑，在眼神锁定某个心仪的车梯后，脚上开始加速，像追求心仪的女孩那般，稍有迟疑就会错过。在自我感觉时机成熟以后，单手抓住车梯，单脚跃起踩住，另一只手和脚紧跟而上，最后再将腰间安全带上重重的大铁环对准车梯狠劲儿扣下。以上是父亲那个年代这项工作的基本流程，等到我参加工作走上父亲的岗位时，这项工作的难度与危险度都已大大降低了，最考验技术的跑和跳被严令禁止，上车与下车都需要先等火车停稳，而即便是这简易的版本，也足以令我感到一阵深深的恐惧。

“上车后你的手要抓住喽，胳膊要这么放，脚要站在这一层的梯子上，一定要站稳了再汇报，中间要是抓不住，你就马上喊停车。”我的师傅正在站台上指着旁边停留的货物车厢，给我讲解“铁道游击队”最经典的动作要领，我人生的第一次，拓宽了我对“上车”这个词语释义的认知——扒在火车外面的车梯上。

时值初春，内敛含蓄的春意还在谦让着冬最后的表演，崭新的棉大衣在我试图抓到车梯的瞬间，便被一道隐蔽的黑色油污不小心亲吻了它深蓝色的衣袖，我还未来得及发泄对其死皮赖脸的憎恶，火车便动了起来。劲道十足的冷风将身边的建筑轻而易举吹到了身后，我的双脚仿佛直接踩在了车轮上，从黑乎乎、密密麻麻的铁轨交叉区，滚向一条渐渐清晰与独立的轨道。此时，全身上下最灵敏的器官当数脚了，就连风都令我觉得如此不可思议，它竟然能够另辟蹊径从脚底往上涌，现在坐下来想想，我简直不敢相信自己抓住的竟然是列正在运行的火车。

我问父亲他第一次这样做时是何感受，父亲没有说出什么来，的确他不太擅长这样的表达，不过我觉得还有一个原因,试想一下四十多年里重复了几万次的动作，再深邃的记忆凹槽恐怕也要被机械抖落的灰尘所填平了。

二

生死

“一念天堂，一念地狱。”这句话在父亲的经历中，最接地气的翻译就是：“一步生，一步死。”

在父亲四十二年的职业生涯中，他最常提起的一件事就是一九八几年某个冬日的夜晚，车站里正被火车头推行的一列货物车厢，在某节车厢处被分成了两段，火车头牵着后面的一段停了下来，前面的一段则继续在轨道上滑行，父亲就站在最顶头那辆货物车厢的车盖顶上。冬夜里的风就和割人的刀子一样，迎面划向你的脸，他尽可能睁大眼睛，又尽可能向车盖边沿迈出试探的脚步，因为他要瞭望前方安设在钢轨旁的一处警示标志，以及时通知另一端的同事采取制动措施，让车厢在预先设定的位置停下来。不过父亲也清楚如此尝试的危险性，一念之间，他还是向后退了一步。

默契的游戏也难免会有意外的插曲，另一端的制动措施提前了，刺破夜幕的不是警示标志反射出的强光，而是突如其来“咣当”的震响。随即父亲的身体向前猛倾而去，他双手立即做出反应，可抓住的却是一团风，精明的风悄无声息地逃走了，他又迅速合拢双手分置胸前，与瞬间逼近的黑暗竞速。终于手赢了，获胜的奖励就是与冰冷的铁皮深深对吻了一下，先于疼痛的踏实感缓解了父亲的惊恐，他小心翼翼向前稍稍探出头去，巨大的车轮与黑漆漆的钢轨像张开大口的钢铁巨兽般令人不寒而栗，随着一颗汗珠在脊背上留下长长的湿迹，一股钻心的疼痛由手腕处而始飞一样窜入体内。

我无法体会他有多后怕，但对于那种疼痛的程度我还是有所体会的。六年前一个初春的夜晚，我跟随师傅出务作业，当时要从两辆车盖连接的空当间翻爬过去，碰巧前后车厢相对的两个侧面都有一个方向盘模样的制动闸盘。翻爬之前，师傅特意叮嘱我要注意头顶，我牢牢记着他的叮嘱，小心翼翼避开了左侧却忘记了右侧，猛一个抬头，手电筒强劲的光柱为响亮的撞击声照亮了传播的远途，一抹黑，一抹亮，缭绕的金星在漆黑的幕布上营造出星空的幻象，自己则像被抛入了这神秘的天际一般，无东无西，跌南撞北。

人和铁的触碰就是这样刻骨铭心，父亲说：“和铁打交道，得多长三个心眼儿才能不吃亏。”

三

艰难

小时候，东北的冬天盛雪，鹅毛般的雪片纷纷扬扬，不经意间抬头一瞥，外面的窗台上“鹅毛”便堆成了小山。记得有年冬天下了场特别大的雪，母亲差我去楼后小卖部买调料，刚出楼梯口没几步，积雪就没过了我的腰，我穿着父亲宽大的棉衣在雪地里艰难行走。返回时，我特意爬上一个高高的石台，站在石台边伸出一只脚，只稍稍下探脚尖便可触到积雪的表面。我转身背对，裹紧棉衣，双脚发力，把自己背投进了那厚不见底的积雪里。一件棉衣冷热两重天，一场大雪苦乐双游戏，这场雪在人间过了夜，放眼可见的地方就都变成了大自然馈赠的天然冰场。从零零星星飘落雪花的时候起，休班的父亲就赶去了单位，直到艳阳将冰层软化，趴在窗台边的我才终于在寥寥无几的行人中发现了父亲的身影。

时间来到二〇一七年，那年的最后一个夜晚，我坐在车站食堂里匆匆吃着饺子，没有过多的咀嚼，也不记得那碗饺子的味道，唯一的印象就是热气腾腾，和窗外飘风扬雪的寒冷形成了鲜明对比。吃过饺子便直奔车间安排我值守的除雪点去了，在一间简陋的瓦房里，两张单人床上堆放着简单的公用被褥，就连电暖器都给人以冰冷的视觉反馈，并且这绝不仅是视觉的单一体验，屋子里还弥漫着一股淡淡的柴油味。我和衣而卧，心里祈祷着能够就这样安安稳稳睡到新年第一缕阳光照亮大地，如果可以那便是最好的新年礼物了。然而礼物终究只是孩子们的童话，漆黑的深夜里手机开始了它的歌唱，将我从睡梦中惊醒，与它共同为新年欢庆。

寒冬中简陋的温暖也是令人依赖的，而我一刻也不敢耽误，立马爬出被窝，棉帽子、棉手套、棉围脖，包裹住所有可以包裹的部位，提上扫帚与便铲就向电话里通知的地点赶去。实际上电话里通知的只是一个数字，代表着车站内铁道线路旁的道岔号码，整个站内有六七十副道岔，除了根据数字的单或双，我能够判断出要往东走还是要往西去，其余的便一概不知了。我也只能一路快步地紧跟在老师傅身后。沿着铁道线行走，脚踩下去的时候不敢用力，落到地上的时候又必须踩实，一只脚踩实后另一只脚才能起，左硌一下，右崴一下，就这样一路不停地向前。除了脚还有胳膊，要从两条分岔的铁轨空隙里把积雪清出去也不是件简单的事，先要全面覆盖，用扫帚尖卖力地朝一个方向抽，将所有对劳动之苦的抱怨全部宣泄到松软的积雪上；然后再精准打击，用便铲抠掉犄角旮旯里的残雪和浮冰；最后巩固阵地，给道岔里的关键部件涂刷防冻液，这三步下来，一场战斗便算初告结束了。

不过那天晚上事发突然，即将进站的列车要经过站内一副因积雪而无法扳动的道岔，我抡起扫帚铆足劲儿地抽起来，既要抢在列车经过之前，又要抢在新的积雪形成之前。第一次扳，道岔不动，再扫再扳还不动，随身携带的对讲电台里传来连续的询问与命令。那一刻，没有寒冷，没有酸痛，只有看不见的车，只有扫不净的雪，与我同来的师傅手握便铲，腰弓成九十度，目光与手电筒的灯光抱团钻进了钢轨的缝隙里。他边抠边退，手脚联动，连续而又迅速，他退了十几步，抠了几十下，转动的机械这才发出一声畅快的喘息。

临近了才看清楚，驶来的是列旅客列车，车厢内灯火通明，它呼啸而过，鸣了一声笛，在向我们致以敬意，落下的雪与扬起的雪和成一团，童话世界真的出现了，这才是新年赠予我最好的礼物。雪，圆满完成了它的跨年表演。

第二章 遇见

三十年前我刚刚出生，就遇见了一个又黑又瘦的男人，护士把我交到了这个男人手里，他紧张又兴奋，立刻将我抱出医院，一刻不停地跑回了家。如果不是因为我与他在容貌上的某些特征如此相像，我还真有几分怀疑自己是被他捡来的。别看他瘦，可他的胡楂很是浓密，由双腮至下巴连成一片，他不可能忍得住不去亲吻我稚嫩的皮肤，但记忆中被胡楂扎到的疼痛，还都是由于我主动爬到他身上去蹭他的脸。每每他下夜班回家，胡楂经过一夜的熬磨蹿得格外起劲，刚进门冰冰凉凉的，一根一根，父亲的胡子很有智慧，在触碰到我脸的时候竟又变得柔软了几分，如此一来，疼痛也变成了游戏。

一直以来，我和这个男人相处得还都不错，我很少称呼过他“正式称谓”，他也没有一本正经地叫过我，他对我的称呼就是在他给予我的姓氏后面加上一个儿化音，而我对他的称呼也很简单，在我们共同的姓氏前加一个“老”字，我们如此融洽地相处了三十年。直到有一天我发现，他浓密的黑胡楂稀疏了许多，我惊奇地定睛细看，原来不是胡楂少了，而是许多黑胡楂变成了白胡楂；他饱满的眼窝深陷了许多，凹陷处棱角分明，皱纹聚集在眼皮上，深刻处积满了沧桑；他的眉毛也很长，像老树伸展的枝条，我顿感惊讶与陌生，仿佛置身于一片山野丛林之中，阳光洒向茂密的植被，星点斑驳地投落到地上，我却无法据此辨别出方向。惊慌失措之时我向山林的深处跑去，一路奔跑不敢回头，生怕哪一个瞬间动摇了自己笃定的方向。呼喊，在林木花草间传荡着孤独的回音，直到一个隐蔽的山洞出现在眼前，凹陷的洞口被交错杂乱的枝条遮掩，我拼尽全力地爬进洞口，发现它竟是一条隐蔽的隧道。扑面而来的光明模糊了我眼中一切景象，似曾相识的陌生，犹如刚刚醒来的睡梦。我不得不承认，自己真真地是把父亲从一个小伙子叫成了老头子。

父亲年轻时很瘦，这和他们所生活的特殊年代有关，不过在有了我以后，他就一点点胖了起来，与生活水平有关，也与他熬夜工作有关。每次在父亲上班与下班的时间点，我都会趴在餐厅窗台上瞭望他的身影，从楼前广场上出现再消失，因此我对餐厅的窗台产生了许多温暖的感情。某天中午，我忽然发现宿舍的窗台和老家房子的窗台很像，这些老房子里的窗台应该都是这个样子，一小块一小块密密麻麻的白色不规则图形，中间的空隙被深浅不一的墨绿色填满。唯有那一处，是目光遇见身影的见证，在数不清的次数之中，又不知有多少次见过我的急盼、失落，更急盼、更失落……并且在时间的行进中，这种程度也在一次次下探，窗台石也被我的体温一点点沁透。

突然想起五六岁时，我家附近的建筑工地上有一种机器，形状就像一颗牢牢插进地里的巨型手榴弹，圆柱的大铁锤沿着竖立的把柄落下又升起，“咚，咚，咚，咚……”，等待就像熬磨这样“咚，咚，咚，咚”的击打，震得人疼，震得人乱，将它们收拾一堆儿，借铁锤的落下将“疼”和“乱”都压个稀碎，再扫成一堆儿和进去，继续下一个轮回。不过，心里很快便会适应这种节奏，甚至“疼”和“乱”变成调皮的动感，铁锤的击打变成解压的快感，等待的熬磨也就有了一种滋味，变成了一种瘾头。

那时父亲上下班常提着一只网兜，网兜里有两个铝饭盒，一盒装饭一盒盛菜，他提着网兜脚步匆匆，手臂与脚步间的配合展现出一种铿锵有力的节奏，母亲说那会儿父亲走路都能带起一阵风。后来有段时间父亲把网兜挂在了二八大杠的车把上，他来去的身影变得更加迅速了，我的眼神也跟着变得更加敏锐了。对于车，父亲有着很好的学习和驾驭天赋，别说自行车，就连大挂车的 A2 驾驶证父亲都是一次考过的（二十年后我在考 C1 驾驶证时，因为坡起熄火导致科目二第一次考试没有通过），后来的事实证明，在大多数动手操作的事情上我都远远不及父亲。

忘记是什么时候父亲的自行车不见了，忘记从什么时候起父亲的身影在楼前广场上停留的时间变长了，风好像停了，铿锵有力的节奏好像也停了，时间好像跟随父亲的脚步一起慢了下来，愚钝的我这会儿还没有察觉出蛛丝马迹。直到有一天父亲突然对我讲，他还有两年半就要退休了，我恍然一惊，“退休”——这是个多么遥远的词语啊，像被遮挡的冰山突然显现在自己面前；

这是个多么残酷的词语啊，像秋雨打掉了树木枝干上最后的枯叶。父亲却对此直言不讳，不加任何修饰，他不会也不习惯，年轻的日子太苦了，唯一能够用来打发辛苦的就是时间了，遥远即是成就，残酷亦是幸运，自由惬意的光芒越来越充沛地照射了进来，如果说曾经过往的辛苦之中还有什么是令他怀念的，那应该就是我介入其中的印迹了。

其实在读小学之前我是常住姥姥家的。老家的县城被贯穿南北的铁路划分成东西两片，东面有座公园，平日晚饭后或者周末时候，公园都是县城里最热闹的地方之一。姥姥家住铁道线西边，东西之间有条与铁道线垂直交叉的小路，是东西往来的必经之路。某天晚上，姥姥与姥爷带我从公园回家，时间并不太晚，不过天已经黑得透透的，小路两头是亮的，中间是暗的，仅仅依靠月亮与星星的光亮来调和。路边有几棵大柳树，柳叶繁茂，枝干粗壮，却也经不起风的鼓动。风稍有意，柳叶便摆动起了唬人的黑影，风一起兴，柳叶便又要发出沙沙的声音，避开两头的光亮在暗淡中来回窜动。走夜路的人啊，总要经受一点小小的考验吧。不过那晚的小路夜行，施于我的考验并非恐惧的滋生，而是感应的接收，想来缘分也是心性好奇的，或许它就躲在前面那棵粗壮的树干背后，悄悄向我发出信号，然后饶有兴致地观察着我的反应，果真它的实验奏效了。

我突然冲前面一个隐隐约约的人影喊了声“爸爸”，姥姥和姥爷顿时站住了脚，四处环望，可奈何几步开外都被漆黑掩盖得严严实实。风识趣地躲了起来，柳枝也随即安静下来。喊声在十几步远的距离中稳定传播着，声波环绕成圈，被莫名的自信所推动，准确地将前面那个人影套住。果不其然，真的是父亲，他转身向我走来，我兴高采烈扑进他的怀里，惊得姥姥和姥爷直夸我的小眼睛好使。不知躲在树后那个神秘的“家伙”是不是也露出了满意的笑容。

我对缘分好奇的品性倒是蛮欣赏的，毕竟它的好奇会为我带来惊喜，不过偶尔的惊喜总是会被经常的失望所覆盖。在我读小学的六年里，家里每天都会有人接送我上下学，中午被就近接去姥姥家，晚上才能回到自己家。每逢父亲休班，我就会特意叮嘱母亲晚上要让父亲来接我放学，一般她都只是敷衍地答复我会回家转告，但对结果不做保证。虽然失望已在意料之中，可印象中有一次母亲非常痛快地应下了我的请求，并向我保证晚上父亲会如约出现在校门口。

那天下午放学后，我以最快的速度冲出教室，已经向平时结伴而行的几个同学打好了招呼，喧嚣的操场荡漾着别人的欢乐，而我还要再耐心稍等片刻。校门口依旧是我习惯望去的方向，然而却依旧是母亲的身影，依旧是她平静的面色。霎时间，极度的失望与强烈的怒气在我心中相互交缠喷涌而上，我向母亲发出理所当然的质问，她一定早已预料到了我的反应，按部就班，边平静地向我解释，边伸出手来要为我卸下书包。突然猛烈晃动的书包狠狠撞开了母亲的手，发脾气现在可不是时候，我要立刻拔腿就跑，把母亲远远甩到身后，把赶上来的小伙伴也远远甩到身后，一切为了面子，一个小孩子微不足道却自视甚重的面子。只有书包里的铅笔盒跟着我一路咣咣当当地叫嚷，不知它是在嘲笑我的小题大做，还是在责备我的无礼任性，更或者是在替我倾诉心中的抱怨，我无法做出客观的判断，不过我气恼地决定下个学期一定要把那个铁铅笔盒换成布铅笔盒。

小学三年级时学校开了英语课，算起来这门课程陪伴了我整整十一年。在此之前班级里有的同学已经在外面上了辅导班，对音标和一些基础词汇都很熟悉，而我还在笨拙地用拼音在音标和单词下面做着笨拙的标注，像婴儿学语般咿咿呀呀。第一堂英语课踊跃发言的场面令我至今记忆深刻，那些踊跃的同学都是用双语作答，英语是一种，热烈是另一种，我听不懂英语，却读得懂他们的热烈，我的两只眼睛仿佛具有了双视功能，正向看别人的精彩，反向看呆头呆脑的自己。

好像上一次如此热烈的交流还是对某个服装品牌的讨论，一个看似普通的对勾却是意想不到的高贵象征，于是我反复央求，母亲终于答应给我也买一件。但是她却不明白那种高贵的含义，如果高贵可以做数学上的累加，那么这回母亲算得上是破天荒的慷慨了，因为那件衣服前后各有一个不同的商标，唯一是高贵，多出一个就变成了笑话，可这样的款式难道不算是唯一吗？一切又都是为了面子，小孩子也有的那点虚荣的面子。没想到再次遇见如此的热烈，我依旧是个陌生的看客，不过这一次父亲和母亲对我的态度却截然不同。父亲毫不犹豫地表示支持，母亲考虑得要多一些，她想着要去向谁打听个口碑好的老师，而且还要允许家长陪读，陪读是母亲为我挑选辅导班的前提，从小学三年级到初中一年级，她陪我上了五年的英语辅导课，记忆里母亲缺课的次数差不多一只手都能够数得过来。

后来我才知道，英语对于母亲来讲是门难以释怀的学科，当年就是因为英语拖了后腿，才导致她没有考上高中。母亲无论如何也想象不到，二十多年后她会重新走进英语课堂，重新借助拼音学起英语，甚至她竟然还带出来了一个勉强说得过去的学生。

我本以为学习是痛苦的，那辅导班自然是痛苦的载体，我消灭不了痛苦的根源，只能绞尽脑汁躲避痛苦的载体。有一回母亲有事临时改让父亲陪我去上课，那是五年里唯一的一次，我意外发现原来学习并非痛苦的根源，在母亲监督下的学习才是。于是，我开始盼望着辅导班里能够再次出现父亲的身影，只可惜这样的盼望终究没能实现。

没在辅导班里出现过的父亲，却在辅导班楼下出现过，我以为是碰巧的遇见，实际是由于父亲要外出学习半个月，为了安抚我的情绪，他才专门跑来辅导班接我下课。不得不说，父亲的出现总能够给我带来惊喜，遇见便是惊喜，而更惊喜的是他直接带我去了当时县城里仅有的一家大超市。要知道在这家超市开业之前，还不曾有过“超市”这样的概念，只有商场、商店和小卖部几种叫法。印象中那家超市开业前，街头巷尾的人都在议论着城里某个地方开了家叫“超市”的商场，至于为什么叫“超市”，传单上没有写，大家也都不清楚。我问母亲啥叫“超市”，母亲告诉我可能就是超级大的市场。的确，在当时来讲，它配得上“超级”这个词，后来为了与那些如雨后春笋般冒出来的小超市区分，对它的称呼就变成了“大超市”。大超市开业的日子选在了春节前夕，开业那几天好像整个县城里的人都在轮番往里拥，因为大超市的开业，记忆中那一年春节格外的红火与热闹。

大概是四五月的时节，我推着购物车跑在前面，父亲跟在后面，一直跑到了水果区，好奇地站在柜台前呆愣愣地看着售货员切瓜。那瓜和西瓜极其相似，之所以不敢说是，因为瓜瓤竟然是黄色的，看上去金灿灿、面沙沙、水汪汪的。嘴里已经盈满了口水，可心里还有一点点畏惧，我怯生生地问了句：“这是西瓜吗？”售货员头不抬手不停地回道：“是西瓜。”

说话间的工夫，父亲走了过来。“这瓜怎么是黄瓤的？”

“就这个品种，营养高。”父亲抬手指着案板上切好的半拉西瓜，爽快地说道：“把这半称一称。”我从没有查证过黄瓤西瓜到底是不是比红瓤西瓜更有营养，不过味道似乎并未比红瓤西瓜甜多少。许多年后，我和朋友在某家自助餐厅吃饭，又看见了黄瓤西瓜，有了第一次的好奇，再见便是惊喜，我从容地夹起几块放到餐盘里，在瓜尖上小小地咬了一口，瓜很甜，比记忆里的要甜一点。

从我与父亲母亲在医院产房里的首次相遇到现在，只差三个月就整整三十年了，之后许许多多次的遇见虽然我依旧记忆清晰，却都是平平淡淡的场景，没有跌宕起伏的情节，也就失去了它成为故事的资本，但绝不能因此而将它们定义为不重要，从客观上来讲，存在即有道理，遇见即有安排，只是经历的火候未到，参悟开窍还为时尚早。许许多多次的遇见中也的的确确有那么几次是记忆尤为深刻的，哪怕是时间也无法轻而易举将它们淡化。我始终认为是它们改变了我人生的轨迹，也或许人生的轨迹游走至此本就要转弯，那些记忆深刻的遇见不过是碰巧赶上了转弯的节点，缘分便像七八岁讨狗嫌的孩子一样，调皮地将它们粉饰装扮，见你信以为真归因于此，它便会躲在暗处捧腹偷笑，殊不知这不过是它习以为常的游戏罢了。

第三章 车上车下

如果说飞翔是高级的自由，那么儿时那辆大大的自行车就是我享受过的最高级的自由。

车轮一转，风的抚摸便清晰了起来，以前总以为风是等来的，后来才发现风也是愿意亲近那些主动向它怀中奔赴的孩子。我的那辆自行车差不多有现在街面上共享单车大小的三分之二，当时与我年龄相仿的孩子们都在骑一种三个轮子小板凳式的自行车，所以我的这辆就是名副其实的大家伙，以至于骑在上面必须要使劲儿扭动屁股，才能让脚尖刚好够到踏板。姥姥家楼下整条街都是卖旧货的，那种三个轮子小板凳式的自行车随处可见，经常在某个摊位上会摆出一排，五颜六色的，价格也就三五十块钱，看车的新旧，也看买家与卖家讨价还价的技巧与耐心。家里人都建议买这种“小板凳”，经济实惠不怕磕不怕丢。买车那天父亲谁也没告诉，一个人去商场给我买回了那辆大家伙，四百元的价格在当时绝对算得上是笔巨资了，就为这事母亲埋怨了父亲好一阵，不过她仍然亲手为自行车的每条钢架都缝制了专门的红色布套，所以直到现在它依然崭新如故，也是因为母亲做的布套，使得我脑海里始终记得那辆自行车是大红色的。

我的自行车大，父亲的自行车更大，父亲的自行车就是经典的“二八大杠”。我不常骑车，但是常坐车，坐在二八大杠的“大杠”上，春秋两季这个位置还蛮舒适，与和煦的春风打个招呼，与飘落的秋叶碰个脸儿，来来往往的人，接连后退的房屋，变化的、不变的组合成了一幅幅全新的风景。过了春，车轮转动带起来的风还可以消抵些夏的闷热，可过了秋，就再没有任何有益的中和了。车轮转得越快寒风越加刺骨，让你既想停又不能停，麻木地忍受着寒冷一次次冲击疼痛的底线，记忆中最艰难的一回就是跟着父亲去给姥姥家灌煤气罐。

灌气站在一座小山的山顶上，从山下到山顶是一段段长长的山坡曲折相接。父亲骑着他的大自行车，前边载着我，后边载着空煤气罐，山坡的黄土地坑坑洼洼，沿着车轮的轨迹，填满了我们两个的影子。因为父亲单位发了几张煤气罐的灌气票，所以这个苦差事自然而然就落在了父亲身上，当然这并非硬性摊派，完全出于一个女婿的自觉自愿。

姥姥有四个女婿，人多了就会有比较，甚至有排序，印象里姥姥曾经对我讲过她对父亲的评价，简简单单两个字“好人”，这样的评价简单又复杂。什么是好？一切不被指摘的品性都可以涵盖进去，而事实上此“好”又非彼“好”，“好人”在评价的层级上往往居于最末，而且“好人”太笼统，不如讲父亲是个实实在在的人，这从他出的一身力气上就知道。所以，我相信即便是没有那几张免费的灌气票，依然还会是父亲，这个实在的男人不仅有辆大自行车，还有一股子充沛的力气。

出发前，父亲先将半个指头粗的绳子对折起来，在煤气罐顶部的扶手、底部的长条形空隙与自行车后座的空当间条理分明地来回穿插。娴熟的手法让我还没有来得及搞清楚其中逻辑关系，煤气罐就已经被结结实实地固定在了后座上，父亲先骑上车，一脚蹬地一手扶把，牢牢地将车稳定住。见此，我便放心大胆展示出自己敏捷的身手，麻利地跳坐到“大杠”上。

东北的冬天很冷，冷到记忆里都被吹来的风刻下了痕迹，痕迹里都被飘来的雪贴上了银封。在那道长长的山坡上，父亲戴了双白色线手套，双手稳稳地握住车把，手套为盾，但粗糙的网眼却不足以抵挡风锐利的刺击，宽松的藏蓝色羽绒服早已耐不住疼痛，发出阵阵“沙沙”的哭喊。再看父亲只是双眼眯合，似乎在默默旁观这场不为外人所察觉的战斗，同时他保持着一名“老兵”的敏锐，时刻警惕地观察前方。

我却没有父亲的坚挺，弓背猫腰蜷缩在他敞开的怀里，双手紧紧抓住他羽绒服的两排拉链往里拽，越用力就会越暖和，不得不说那个年代的衣服尽管没有什么牌子，但质量还是过关的，不过用力也只是自以为而已，毕竟一个小孩子的手劲儿又能有多大呢？我脑袋里的幻觉化成了一面镜子，映照出自己的红脸蛋，像极了那熟透的、掉下来又在泥土地里滚了几滚的红苹果。终于，我也忍受不住了，眼泪倒灌进眼眶里，像水做的陀螺，被风抽打旋转着，就在即将飞奔脱出的那一刻，父亲的自行车停了下来。

路边有一座铁皮屋，屋顶上竖起的烟囱正往外冒着暖意洋洋的黑烟，门玻璃正中对称地贴着红色的剪纸，两扇门合起来就是“商店”两个字。父亲把车停在门口，牵着我的手走了进去。柜台前的火炉里，旺盛的火焰包裹着几块横七竖八的木炭，两三个村民模样的男人围坐半圈，手里握着啤酒瓶的长脖子，正一口一口惬意地嘬着。父亲指指货柜后面摞放的塑料筐，老板随即从里面拎出一只玻璃瓶汽水，我双手捧着站在火炉边，看红色在黑色中蠕动，黑色渐短，白色渐长，飞出来的热穿过玻璃瓶钻进手心，在身体里流窜、辗转，直至将温暖的信号传递给体内每一个受到寒冷恫吓，还没有缓过神儿来的神经细胞。身体暖了，眼神也活泛了，几步之外的门玻璃上已经结出了晶莹的窗花，外面的寒冷朦朦胧胧，屋里的温暖实实在在，朦胧与现实之间是催人的不安。此时此刻就连推开门向外迈步的念头都是冰冷的，依赖的眼神转向父亲，可在父亲脸上寻不到寒热交替衍生出的任何痕迹，是我过于稚嫩？还是父亲过于深沉？抑或是他真的什么都不需要？对于吃苦这件事，他或许有自己独到的看法，而我只需要安心跟在他的身后就行了。

与那辆二八大杠联系在一起的记忆，还有在舌尖上逗留过的绵糯与香甜。那是个星期五的下午，学校三点半就放学了，校门口父亲自行车的两边车把子上分别挂了一大袋子鸡蛋和一大袋子面粉，另有几包父亲单位发的白糖搁在了车筐里。

“走啊，快上车。”父亲招呼着呆愣在一旁的我。

“怎么买这么多东西？”

“带你去个地方。”

“去哪儿？”

“跟我走就行了，好地方。”

我坐在自行车后座上，环抱着父亲的腰，他穿着深绿色的毛衣，在下午依旧晃眼的阳光下反射出晶莹的光芒，像春日清晨的花蕊上挂着的点点露珠。从大街拐进小巷，又从一条小巷拐进另一条，路边茂密的柳枝长长地垂下，在骑车人的肩膀上轻轻拍打。感觉父亲骑了好长时间，最后停在了一家蛋糕店门口。这家蛋糕店有点与众不同，它主营的是蛋糕代加工，由顾客自带原料，店铺负责烘焙烤制。当时只觉得新奇，可现在回想起来，如此经营模式其实售卖的已经不是蛋糕了，而是一种用加法算出来的营养与健康，谁又会立刻找来依据去否定这种最简单的算式呢？

店家是姐妹俩，大概有四十岁的样子，都系着白色围裙，其中一位笑容满面地迎上来，接过父亲手中鼓鼓囊囊的大小袋子，她的热情与自然令我误以为父亲是这家蛋糕店的常客。姐妹俩在店铺外还搭了个小棚子，就是一个铁架子上套了层深蓝色的玻璃丝布，棚子里几张桌子拼成一排，油亮亮的桌面上有序地摆放着各种锅盆碗瓶，后面还有两三把红色塑料凳，父亲便耐心地坐在那里等，而我却一刻不闲地晃悠来溜达去。

做蛋糕的女人用两只手同时打鸡蛋，是我第一次见。我蹲在地上看她的食指与中指按住一头，剩下几根手指握住另一头，在中间分界处稍稍用力一磕，鸡蛋立刻就咧开了婴儿般的大嘴。再侧向用力掰开，蛋液便顺利落入了盆中，女人的手速之快犹如飞机投弹一样。待棚子里的女人将鸡蛋与面粉搅和成黏稠的金色糊糊后，屋里的女人摞起三张黑漆漆的烤盘，夹在腰间抱了过来。我立刻凑上前去，发现每张烤盘都有一种造型，各是鱼、贝还有花，一行有五六只，一列有七八行。太阳像馋嘴的孩子忍不住流下了紫红的口水，在空中画出弯弯的一道，蓝色愈加深沉，紫红愈加鲜艳，委婉地向人间暗示着它满心的期待。

终于赶在太阳彻底落下之前出炉了，金黄的鱼、金黄的贝、金黄的花纷纷落入了袋子里，系在父亲的两只车把子上，轻轻摇晃着。透明的袋子挂了层薄薄的水雾，却也挡不住热乎乎、甜兮兮的香气，被风载着从父亲胳膊与腰的空隙间直钻进我的鼻孔里，香甜浓郁却又如梦中幻境，我的两只小手紧紧拽着父亲的绿毛衣，仿佛上面密密麻麻的纹路就是这幻境编织的起源。记忆也需要载体，其实那份香甜绝不只是蛋糕本身的味道，单纯的味道飘着飘着就散了，哪怕记忆也无法收藏得住。

没过几年，街道上汽车渐渐多了起来，以红色出租车为主，取代了自行车的主流地位，父亲已经回归徒步的方式了，二八大杠就这样被长久地收纳进了我的记忆之中。一如既往的时间让我的身体与思想都有了显著的成长，不过其中难免会偷偷夹杂些令人讨厌的东西，或许是成长必须的分泌，这是个极其隐蔽的过程，自己对此毫无察觉。岂不知毫无察觉一不小心就会变成理所当然的麻木，但如果某天你突然发现它的存在并对此深为震惊的话，你应当庆幸，应当冷静，任那种震惊尽情延展，震碎它沉睡的梦，打破它沦为麻木的惯性。在这件事上我是庆幸的，因为我捕捉到了那个讨厌的东西。

最初显露出迹象是在上学不久之后，有一次班主任领着我们做课后习题，其中有道选择题问父亲的职业是什么，她让大家起立接龙回答，“警察、军人、医生、商人……”，眼看就要轮到我了，但我脑袋里还是空白，相比于前面那串名词，“工人”这个答案不知为何滞留在了我的口中。此刻斜侧方投来的目光穿透了我脑中的空白，是我那位顽皮的发小儿正准备以他掌握的底细伺机而动，虽杀伤力不大，可即便是一丝波澜也将对我的心虚产生冲击。终于，多米诺骨牌摊到了我这一张，一缕混杂的光芒从被刺破的黑洞中穿出，我努力保持淡定起身答道：“其他。”我的灵机一动巧妙避开了所有的顾虑，为此我还有点沾沾自喜。

父亲的工作就是和车打交道，老款的车发动时会轰轰隆隆地喷吐出浓烟，在它专属的轨道上，极富钢铁质感的轮子似乎能够冲破一切障碍的阻挡。初中时，有一年期末考试结束后的下午，我和几个同学结伴往家走，从学校回家的小路上有一条单独分岔出来的铁道线，从火车站通往城市里的电厂。表面已经腐朽的枕木展露着这条铁路久远的年代感，杂草与野花遍布线路两侧，流浪的猫狗也时常在其间跑闹，没有火车经过的时候这里也是一幅闲适静谧的乡野风景。隔着铁道线老远，我们就听见前方轰轰隆隆的响声了，脚下的石砖发出紧密的震颤，裸露在视野之中的一段钢轨上停着辆天蓝色的火车头。绕过火车头跨过铁路，还没走出几步便听到有人在喊我的名字，在轰鸣覆盖之下，那个呼喊的声音竟然将我的名字顺利送达到我的耳边。

火车头朝向我的这侧有条一人宽的行走通道，连通两端驾驶室，外侧是半人高的护栏，两个手握护栏站立在通道上的黑黢黢的身影，被我回望的视线精准捕捉，我一眼便认出了其中膀壮的那个就是父亲，还有他身旁的同事，我也是认识的。他们穿的棉工装实在是又旧又脏，脸上粗黑的胡楂与不知在哪里沾抹的泥灰相互搭配，令胡楂不显邋遢，泥灰更显自然，不过再看那挂在肩膀上的对讲电台与手边几把颇有分量的金属工具，也算是为他们的形象贴上了合理的释义签。

“放学了？今天怎么放这么早？”父亲先开口问道。

“考完试了，放假了。”

“考得怎么样？”

“还行吧。”

父亲笑了笑，我没有笑，有点紧张，担心他继续问下去，我并不在意他要问什么，只是希望赶紧结束这出乎意料的对话。一股强烈的不安正从我的背后与两侧蔓延开来，仿佛一张快速收缩的网即将把我包围其中，许是有那轰轰隆隆做掩护，除我之外所有人都未有察觉。我十分清楚那织网的线是从何而来，于是余光自觉地向两侧警戒，以随时向我报告四周的异常。忽然，余光慌忙向我报警，我那几个同伴的身体在迅速膨胀，并且歪歪扭扭向我倾斜而来。倘若一声惊响，我必将被蜂群般的碎片击中，即便爆炸不会发生，但稍有不稳也会倾倒滚动，任由自己被无能为力地碾压，只剩下艰难喘息，发不出任何哀号。

“赶紧回家吧，别乱跑。”恍然醒过神来，我立刻扭头看了看两旁，终于悄悄舒缓口气，同伴的模样完全恢复了原状，似乎什么都没有发生过一样，其实也本该如此，只是幻想与现实的接驳还要冒出一点小小的火星。

不记得当时自己的回答究竟有没有发出声音，反正之后回家的路上我变得沉默寡言，执拗地寻找刚刚离奇一幕发生的痕迹与证据，结果自然一无所获。于是我意识到了那个令人厌恶的存在，震惊接踵而至，我下意识阻止它的蔓延，但好在那个铁家伙轰轰隆隆的巨响，意外将我潜在的麻木所震醒，并且顺着震裂的缝隙，自责与愧疚还有对父亲的心疼，如混合的泥浆般瞬间喷涌了进去，填补得严丝合缝，再也没有一点点缝隙允许你伸进手去将那些令人不舒服的填充清除出去。

十年之后，在一个陌生城市里的一处铁路道口，悬挂的警笛乌尔哇啦地鸣响着，栅栏门的小轮子轱轱辘辘地将行人与车辆隔挡在两边。我就站在火车头上，与十年前父亲站立的那个位置一样，眼神向外四处张望，我期待能够邂逅与我相契合的目光，我好奇是否有人和我一样，在这雪花飘零下的短暂停留间，做着如此有趣的一种游戏。看着，想着，念着，一片孤零零的雪花从空中飘落，赶巧微风送它靠近了我，刚好挂在我的睫毛上。

奇怪的现象再次发生，透过那片雪花，眼前的景象朦胧之后又变得清晰，我仿佛在对面驻足的行人中看到了自己，还是当年的学生模样，背着书包呆愣愣地看着现在的我，我冲他笑笑，他却没有笑，直到睫毛上的雪花融了，这才发现眼前又换了一片崭新的世界。

第四章 父亲说他从没得过荣誉

对荣誉的记忆并非起于一场什么正规的仪式，像奖状、证书……这些都是后来的事了，最早只是老师有意或无意的一句夸赞，后来才学会了“载体”的置换，在放学回家的路上，去向父亲及时兑换成炸串、烤肠、雪糕，等等。于是我发现对于荣誉这件事，心是最先感知的，胃是最后兜底的，嘴巴则在中间斡旋并且获得最大满足，这样的链条大概就是在我上学前班时建立起来的。

在正式入学前我只读过一年的学前班，父亲和母亲带我去试读过几家，皆因我的百般抵抗而作罢。可最后还是去了，印象里隐约是平静的，所有的情绪起伏都在心里捂得严实，任一点回音也逃不出厚实的心房，关于这一点我是如何做的，着实没有半点印象了。

学前班的教室是住宅房改造的，入户门紧挨着楼梯口，避免了孩子们出来进去对街坊邻里的影响。进门正对面就是客厅，一张木茶几与一套橘红色布沙发，摸上去虽感布质有些松散，但沙发的外观常是整洁的；卫生间在进门的右手边，是一扇淡黄色的木头门，再往屋里走一步，又出现了开放式的简易厨房和半面钉在墙上的木格架，每个格子下面都用红油漆涂写了数字，格子里则摆放着不同颜色与图案的水杯；房子左右两头有一些自然光照进来，那分别是阳台与卧室，卧室被改造成了教室，阳台改成了午睡的地方。

学前班里有两位女老师，年轻的大概不到四十岁。记忆中她经常会穿一件乳白色的连衣裙，裙子上有许多黑色的小圆点，中规中矩的风格却因她惯常的严肃而颇显正式许多。她主要负责我们的日常生活，有时也讲课，不过大多数课程还是由另外一位老师来讲。那位老师要年长很多，鬓角处已经花白。平日里她的头发总是整整齐齐，只有在课堂上，每到讲得热情洋溢之时，鬓角处便会有几绺发丝逃脱发卡的束缚，孤零零地弯垂在半空中。

年长的女老师很慈祥，总是笑容可掬，她也很有气质，对她最深刻的印象是那一身深蓝色的丝绒长裙，搭配着黑皮鞋，看上去像位端庄的贵族老夫人。记得一个秋日的下午，乌云提前为天空拉上了幕布，正是间休时间，同学们都在座位上相互交换自己的零食，唯有我双手空空，端着小竹篮在教室与堆放积木的客厅间走来走去。教室里很热，不过所有热量都在噌噌地往脸上蹿，我自知脸上的煎熬，却不能对其有任何行为上的安抚，还要劳烦眼睛与耳朵密切监测周围是否有刻意投来的关注。

结果，一张绿油油的纸币引起了我神经系统敏锐的觉察，年长的老师手里握着纸币正在和年轻的老师商量着什么，虽然听不清具体内容，但我猜想一定与我有关，因为我听见自己的名字被反复念叨了好几次。终于，年长的老师拦下了我不知第几趟往返的脚步，将我叫到她的面前。

“陶小虎，你怎么没有带间食？”

“今天出门时忘拿了。”

“我这有两块钱，是你爸爸上次交学费剩下的，你想吃什么我带你去商店买点。”

两块钱？我简直不敢相信自己的耳朵，在买零食上我从未如此富裕过，总记得零花钱的边界线始终涂刷着一元纸币的暗红色，而那两元的葱绿则是我憧憬与敬畏的开始。老师口中的商店不过是学前班楼外几步远的一个小卖部，也是一楼的某户私人住宅改造的，因为楼外探出的阳台窗户离地面有些高，所以在窗户下还砌了座梯形石阶。窗户上开了个小窗，整扇玻璃除了那个小窗，其他地方都贴满了花花绿绿的包装袋。老师带我走出来时天上又掉下了雨点，一个一个不紧不慢，她穿的就是那身深蓝色丝绒长裙，雨点落上去便消失了，藏在深蓝的丝绒布里，藏在她带着我快跑的脚步里，藏在那意想不到的绿油油里。那种自认为被老师喜爱甚至偏爱的感觉，是一个孩子获得的最质朴的荣誉，像曾经许多个清晨，地平线上一圈火红的金光，刺醒了我在高铁上眯合的双眼。

当然，孩子的鬼机灵也总会为这点开心与得意探寻些实实在在的载体。我家楼下的广场上常有些卖小吃的摊贩，尤其夏季，各种烹饪方式制造出来的香气被一簇簇白烟卷携至空中混杂一团，顺着那松松垮垮的纱窗眼便钻进了屋里。突然有一天，鼻子从那习惯的香气中嗅到了变化，腿赶忙向窗边跑去，眼睛开始四处寻找，最后在广场上发现了一辆陌生的三轮小吃车，上面支着口小锅，旁边还有个玻璃柜。我猜想这就是变化的源头，第二天这猜想便得到了证实，那是新的一家炸串摊。好了，荣誉的载体找到了。

学前班也常会有考试，算术、汉字与拼音。有天傍晚，父亲迟迟没有来接我，与我一起的还有另外一个孩子。年长的老师陪着我们，趁这个工夫又顺便听写了我们俩的拼音，然后她搬了把椅子坐在门口，戴上那副大框老花镜，跷起右腿，将本子搭在膝盖上专心批阅着。老师刚批完，父亲就来了，几句夸赞自然是少不了的，我则高高地举起本子向父亲炫耀着右上角那个喜庆的红波浪，愉悦与得意都在回家的路上兑换成了油锅里一把香气腾腾的炸串，小时候荣誉就是馋嘴的救星。

我似乎从未听父亲提起他获得的什么荣誉，于是主动问他，他干脆地告诉我什么荣誉也没有。荣誉，在父亲的眼里既不当吃也不当喝，不过这并非意味着父亲真就没有得到过任何荣誉，只是时间久远了些，当然他的目的也不在荣誉本身，在那个缺吃少穿需用尽力气谋生计的年代，还有什么样的荣誉能够比一顿饱饭更加令人心动的呢？只是我没有想到，父亲更不知道，他当年获得的荣誉竟会在二十多年后成为我丢脸的起因。

我不擅长运动，尤其跑步格外令我心生抗拒，然而我却总也摆脱不掉它，一直到大学二年级最后一次体能测试结束。在这些年断断续续的纠葛之中，跑步带给我最难忘的记忆不是痛苦而是丢脸，对于孩子，脸上的火辣比嗓子眼儿的窒息滋味更加难受。

小学三年级之前，学校的操场只是在硬土地上铺了层细石子，踢一脚蹿起一溜烟。尤其到了冬天，课间全校集体跑操时那场面才壮观，不知是哪双脚起的头，大家便心照不宣地用脚尖故意戗着石子，浩浩然尘土飞扬，锵锵然齐声共振。有一个学期临近校运动会前的某天下午，班级里嬉闹声鼎沸，而在班主任走近门口的瞬间，又如录像机卡带般戛然而止，鸦雀无声绝非有意夸张，一众目光整齐得只有向前与向下，如果再过片刻没有声音，向下的目光才会小心翼翼地抬起来。

这一次寂静稍短，班主任便开口点了十几个名字，令人费解的是其中不乏有几位好学生。当然好学生更具被批判的影响力，可那些被点到的名字里还有我，一个不好也不坏的学生，但这一回我的的确确置身于他们的热闹之外，却仍然没有逃离老师的视线。她一定是看错了，我底气十足却唯独还缺乏点勇气促使我立即开口向她做出解释，我在胆小地犹豫，也在不安地等待。

“点到名字的都出来，站到讲台上来。”

眼看“事件”的严重性即将升级，就在我满心委屈要抑制不住地流淌出来时，班主任突然语气一转：“体委，带着他们下去测一测。”体育委员顿时心领神会，从口袋里掏出已经准备好的秒表。在此之前，我对自己的运动天赋其实并没有清楚的认知，怀着一点盲目的期待，我不敢相信自己竟然成为候补运动员，仿佛瞬间有股精神从胸中直冲脑门儿，捋直了我的脖颈与腰背，支撑着我的目光在教室里大摇大摆地游走，放任扬扬得意的心思在肚皮里东钻西撞。后来想想，那是什么在充当精神的催化剂？是荣誉，与解馋划分开一条清晰的界限，自此荣誉变换了新的形式，或许嘴巴自感失落，但心重归正位。

一千米，两圈半，站在起跑线上，操场仿佛只有巴掌般大小，这或许就是“初生牛犊不怕虎”吧？不对，按照这件事的最终结果来讲，应该叫作“不知天高地厚”。还没跑出多远，呼吸就变得急促起来，与呼吸有关的气体已经全部乱了套，我感觉自己的胸腔太小，吸进去的气与呼出来的气拥挤在一起，像是把气管堵塞住了。膨胀，窜动，不知是哪股气体发现了哪条蹊径，悄悄钻进了我的腹部，它兴奋极了，立即对我“不知天高地厚”的讥讽付诸于行动，发出连续而迅速的攒动与袭扰。终于它的本事奏效了，腹部传出了疼痛的信号，起初见我不予理睬，一气之下将隐约的疼痛果断升级为绞痛，双腿还在忠实地等待脑袋的命令，而脑袋则依然念念不忘刚刚那光彩熠熠的梦。好了，缴械投降吧。

短短的两圈半，准确地说还没有到，大概只一圈半吧，我就从意气风发沦落为了灰头土脸。如果说如此之下还有点什么不算太糟糕的话，那就是班主任对我讲了之所以点中我名字的原因。

原因还要追溯到一九七几年的某天，黎明前的黑暗越来越薄，一个体格干瘦的小伙子摸着黑爬起床，迅速穿上昨天从学校领回来的运动服与运动鞋，衣服大小还好，鞋子却不十分合脚，但这已经是他在学校仓库里能够找到的最合适的鞋了。小伙子没有带书包，甚至没有带饭盒，轻装简从向着火车站出发了。今天对于他是个特殊的日子，他要坐火车去市里参加运动会，这可是地区级的铁路学校联合运动会。从县城到地市的距离不远，但停靠的车站不少，蒸汽机车一路吐着黑烟跑跑停停，不知从哪一站开始太阳跳出了地平线，风景就此褪去了伪装，光明与黑暗循而复始，说不清谁是谁的源头，谁又是谁的终结。不过这都是哲学家或其他什么家感兴趣的问题，对于普罗大众，只要永远相信太阳会在它应该出现的时间，出现在它应该出现的地方就足够了。此时火车上的那个小伙子也将要出现在他应该出现的地方，只不过这种“应该”虚化一层的含义是在许多年后被另一个人以尴尬及丢脸的方式所发现。现在，小伙子躺在火车的木椅子上，歪扭过头，用手遮挡住眼前突然的光亮，继续睡了过去。

那天上午天气晴朗，市体育场一圈圈的环形阶梯看台上坐满了观众。那个从火车上下来的小伙子已经站在了跑道上，他环顾四周又弯下腰紧了紧鞋带，顺带手轻掸几下鞋边沾上的白色石灰粉。别看他身材瘦小，可腰板很是挺拔，凭借对运动场天生的亲近感，他的眉宇间显露出奕奕神采。年少时追求自由的脚步总是无可阻挡，对他尤甚，只要摆脱了教室里板凳的束缚，仿佛天地都是他的，站着、走着、跑着，踏实又畅快。

“砰”，枪口冒出一股白烟，一群小伙子们拔腿就跑，终点在一百米外，不需要高明的战术，完全是爆发力的比拼，与风面对面地碰撞，用强硬的身体冲破它的阻挡，无所顾忌，就像拼尽全力将刺刀插进敌人的胸膛。还是那个干瘦的小伙子，他赢了，主席台上的领导起身为他颁奖，除了奖状还有奖品，奖品很实用，一个崭新的铝饭盒，在我们家用了好多年，不过奖状我却从来没有见到。除此以外，举办方还在铁路分局的机关食堂为参赛运动员们安排了午饭，他记得有炒鸡蛋，有红烧肉，有大馒头，这都是只有过年才能见到的食物，比起包里那个空空的饭盒，这顿午饭的诱惑力更大，并且回去的时候饭盒就不再是空的了，他特意留下几块鸡蛋和红烧肉，偷偷装进新饭盒里，等晚上他的父亲下班回来，这又可以拼成一小盘简单的下酒菜了。

运动会获奖的消息在学校里并没有引起太多关注，只有他的班主任上课前提了一句。后来这个小伙子成为了我的父亲，父亲班主任的女儿又成为了我小学的班主任。这是我唯一一次因父亲的“影响力”而得到特殊关照，刷了张荣誉的“信用卡”，却因能力的资不抵债而导致面子破产。

有奖状的荣誉许是真如父亲所说的一般，但没有奖状的荣誉父亲并不少。

有一回我去外地出差，刚到的那天傍晚，父亲打来电话，我正和前来接待的人在车上交谈，便挂断来电，用微信给他发去信息。随即父亲回过来一句语音，转换成文字后我的嘴角悄悄上扬了一下，又赶紧收起以免被人察觉。果然不出所料，父亲让我给他发个小红包，他打算在下班的路上顺道买盒烟，再买两张彩票，最后是习惯性地叮嘱我用小号发，而且不要多发。至于最后那习惯性的叮嘱，则是为了避免回家后被母亲发现。不得不说，在管钱这个方面，母亲的能力是令我频频惊叹的，每天的收入、支出与结余明细都在她心里编成了账，哪怕有丁点差头，母亲都能够顺藤摸瓜找出背后的原因，这也算得上是一种天赋了。

一包香烟，两张彩票，是父亲这么多年生活里一项重要的乐趣。我曾问父亲："人这一生的意义是什么？"父亲面无表情地念叨了句："什么意义不意义的，就是过日子，一天天过嘛。"我又问："那你这辈子过得有意义吗？"

他突然转头看向我，眼神中充满光芒，脸上也浮现出笑容："有啊，我当然有！"

"什么意义？"

“把你供上了大学，把你妈保险交到了退休，我这辈子多有意义！”

这一刻，我感觉父亲就是当年站在讲台上的我，而我就是坐在下面望他的人，或许在父亲心里这才是真正属于他的荣誉，他骄傲的眼神期待着我认可与崇拜的回应。他完全有资格这样期待，十多年了，父亲那一点点工资始终是家里唯一的生活来源，还算幸运的是父亲每个月都能够按时领到工资。除去我的学费、母亲的养老与医疗保险费以及家里必需的日常开支，还要满足我各种各样的要求。事实上，在那紧紧巴巴的漫长日子里，我却只是个悠然的看客，从未深入过其中的艰辛。

“如此紧紧巴巴地过一辈子不遗憾吗？”这最后一个问题，我本以为自己希望父亲说是，可我却发现自己在是与否之间摇摆。我欲言又止，终是没有问出口，因为这不该由我来问，因为我本就置身题中，因为我是父亲的荣誉之一，谁又见过答案反过头来询问答题的人，自己究竟是不是正确答案呢？

可笑，可笑……这笑声悠悠荡荡，时而清晰，时而隐匿，但从没有彻底消失过。某个寂静又怅然的夜晚，它可能就又会传入耳中。

第五章 因爱之变

自打有记忆起我就愿意缠着父亲，只要跟在他的屁股后面就会感到很开心，从某种程度上讲，父亲是我年少时最可靠的快乐源泉，但他却总说我把自己的快乐建立在了他的痛苦之上，并可脱口而出诸多例证，此刻的父亲与平时判若两人，我无从辩驳，实在是有些情况记忆中已经搜寻不到任何痕迹了。

据父亲讲在我很小的时候，有天傍晚暗淡的天色掩护着团团乌云聚集而来，紧接着几颗豆大的雨珠砸落下来，不大会儿工夫，哗哗啦啦的雨珠便串成了雨帘，猝不及防的行人四散奔跑，父亲也在这人群之中。不过他并没有慌张，因为下班前他就已经穿好了雨衣、雨鞋，可他依然随着人群跑起来，跑来姥姥家告诉我留下睡一晚，等第二天雨停了再接我回家。我的回答便是一下蹿跳到他身上就不撒手，一番短暂的僵持之下，父亲只能转变思路想办法解决雨衣的问题。我越来越认为他那平凡的躯体之中隐藏的是一股时常能够引人惊异的创造力。他让姥姥帮忙找来一只大号塑料袋，从头套下刚好将我完全罩住，他那两根粗糙的手指精确地在我鼻孔底下抠出两个洞，我就像个没有拆封的肉娃娃一样，被父亲一口气抱回了家。

父亲年轻时喜好烟和酒，他的这两大嗜好，都令我厌烦。印象中父亲抽的烟从三四块钱一盒的红梅，到六七块钱一盒的红塔山，后来是七八块钱一盒的七匹狼，到现在我也不知他常抽什么牌子的了，反正烟是每天都离不开的东西，隔阵工夫就要叼上一根，在母亲的几声埋怨中，父亲连续不停地使劲打着火，火机摩擦轮的“嚓嚓”声似乎就是父亲不满的回应。如此也好，维护了家庭的和谐，只是那种“嚓嚓”声听起来着实令人不舒服。后来有了按压式的打火机，打火时“咔咔”的声音听起来舒服多了，可那会儿摩擦轮的打火机五毛钱一个，按压式的一块钱一个，所以父亲口袋里基本都还是摩擦轮的，直到几年以后摩擦轮的打火机在市面上不太见得到了，那刺耳的“嚓嚓”声才终于在我的生活里彻底消失了。

喝酒这件事就与抽烟不同了，香烟的牌子换了又换，但他最常喝的啤酒始终没有换过，而且价格也还是两元钱一瓶，只是酒瓶的“鹅脖子”缩成了“鸭脖子”。小时候闷热的夏天，中午是对父亲最大的考验，待厨房门一开，热腾腾的香气就往屋里窜，父亲顶着满脑门儿的汗珠走出来，冲我使了个眼神儿直奔卧室而去。我立刻心领神会地跟过去，等他从裤兜里掏出几枚硬币，我就一溜烟儿地跑下楼替他买酒去。脑袋里满是刚刚飘出来那馋人的香气，还有对这将属于我们一家三口其乐融融的午餐的期待，炎热便不再能够阻挡我奔跑的脚步了，我提着“鹅脖子”一口气跑上七层楼，气喘吁吁的也不觉得累。

有一回许是摇晃的幅度大了些，跑到半路时，突然“嘭”的一声爆响，随即便感知到了迸溅的清凉，再看手里只剩下了酒瓶的“鹅脖子”，还有腿上一道浅浅的血痕。不过我并未因此心生厌烦，甚至时常会怀念一下那个中午。至于厌烦，大致就是父亲独自外出时参加的饭局，每次有消息提前传出，我都会使劲地缠着他让他带我同去，而父亲则是想尽办法摆脱我的缠磨，或是给我买点小零食告诉我他很快就回来，或是先哄着我去姥姥家，答应一会儿就来接我。

姥姥家的阳台和卧室是连通的，阳台墙角处有一张白色桌子，大小正好能够嵌进墙角里去。桌子有两个抽屉，靠窗的抽屉装着五金工具、螺丝磁铁等杂物，靠墙的抽屉则上了锁，差不多除了过年发压岁钱，也就只有每个月姥爷和姥姥发退休金的日子，那个抽屉才会被打开。阳台的正中摆了张长沙发，紧挨着桌子，在我被送到姥姥家的个把小时之内，我经常会在沙发与桌子之间跳来跳去，姥爷总是出于心疼家具而走过来斥责我两句，这反倒令我跳得更加欢实，不过只要再等个把小时过去，我也就自行安静下来了，然后独自趴在沙发靠背上望向窗外。

冬天姥姥家的阳台很冷，风顺着窗户的边沿轻而易举就钻了进来，夏天的阳台又太热，沙发的人造革皮面被晒得干干巴巴，用指甲轻轻一抠，一块皮子就掉了下来。但不管是冷还是热，我都能老老实实地在那儿趴上个把钟头。姥姥家住二楼，楼下整条街都是旧货市场，我的目光偶尔也会出个小差，滞留在某个地摊上某件没有见过的旧物上，猜猜它的用途是什么，猜猜它是怎么到这里来的，猜猜它的下一任主人又会是谁。有时碰巧走来一个人，双手背后拎着只布口袋，腰背稍有佝偻，来回转悠两圈后在我关注的那个摊位前站定。他猫下腰探身细瞅，我不由得猜测他是否也对我关注的那件东西感兴趣。正当我期待他的下一个动作时，他却直起腰转身离开了，期望就此落空。从一个失望中回过神儿却又陷入另一个失望之中，如果在此之前我能够毫无察觉，那也是好的，可偏偏自己已经预想到了，最后还是要母亲来把我接回家，于是心中对父亲的埋怨重叠了一层又一层。

斗争使人成长，小孩也不例外，失望多了，经验就多了，避免再次失望的方法也多了，最简单有效的一招就是“死缠烂打”。只是那会儿我还没有意识到，一场因爱之变事实上已经拉开了序幕。

父亲曾不止一次问过我，是否还记得许多年前的那个傍晚。夕阳洒下橙红色的余晖，滴落在站前广场周边的树木枝叶上，一辆辆从四面八方拥来的自行车汇入圆盘形大广场，又向四面八方散去。居住在附近的人们习惯晚饭后来到广场上纳凉，那个傍晚母亲也带着我在广场上玩耍，几个匆匆的身影朝我们走来，刚好被我的眼神捕捉到。父亲就在其中，可他却要我跟母亲先回家，还是那套熟练的说辞，不过这次我的表现着实出乎他的意料，以至于时间过去了二十多年，他都依然常挂嘴边。父亲说，众目睽睽之下我竟然在地上打起了滚，一时间任谁也束手无策，斗争的结果就是不得不带上了我。

在我被一群叔叔阿姨称为“小家伙”的那段时光里，确实跟着父亲参加过不少酒席，用我们老家的土话说，又叫“吃大盘子”。有一回父亲带我参加他班组同事的婚礼，地点在我们县城原政府的机关食堂，因为市政府搬迁，原先的食堂也变成了对外营业的小饭店。我还是第一次走进政府大院，“食堂”成了招牌，还颇令人有些神秘的期待。“食堂”饭店是座简易的二层平房，每层有许多间连在一起，排成长排，两侧有楼梯上下，浅绿色的金属护栏看上去略显单薄，我特意用手推了推，护栏就像不倒翁般来回晃动，同时发出气呼呼的“嗡嗡”声。二楼的每个房间都是一个大厅，朴素的水泥地面没有任何装饰，仿佛时间又一下子倒退回了几年前。

那个时候基本家家办酒席都会上这么两道菜——糖醋鲤鱼和炸里脊，这是我当时最喜欢的两道菜。司仪口中的“吃好喝好”就是动筷的信号，父亲第一筷子就伸向了那条鱼，对准鱼腹部最肥嫩的地方，两根筷子轻轻插进去，狠狠地拧下一块，夹带着几根晶莹透亮的骨刺，平稳地向我的餐碟移动过来，一滴橙红色的番茄汁顺着筷子先行滴落在了碟子里。

“看着点刺儿。”父亲这才举起酒杯开始了他的欢乐。

我自顾自地吃着，吃饱了就从屋里到屋外来来回回跑个不停，直跑到鼓鼓囊囊的肚子有了空隙，才又回到餐桌上。可这会儿大盘子已经被横扫一空了，就只剩下一圈围着一圈的空酒瓶，酒杯里的啤酒浮着层厚薄不一的白沫，桌子下还有个新搬来的黑色塑料筐。那种大酒筐每筐标准是二十四瓶，然而在这样的场合，一筐最多可以有三十九瓶，因为瓶颈与瓶颈的空隙间还可以再插进去一瓶。父亲已然沉浸在酒精曼舞的热闹之中了，这也为我的恶作剧创造了机会。

我大摇大摆走到父亲身后，趁他起身碰杯时，偷偷搬走了他的椅子，然后老老实实站在旁边，心里已经忍不住偷笑起来。突然明晃晃的光影划过我的嘴角，调皮的笑容消失了。顾不得难看，我立刻跨步上前伸手兜住父亲正在下蹲的身体，他早已不是我刚刚出生时那个体格干瘦的小伙子了，他毫无防备地往下坐，我拼尽全力地托举，终于父亲回过头来，他关注到了我的存在，我以为他会发火，可是并没有，他只是摸了摸我的头，以商量的口吻对我讲道："去，到那边玩儿去。"重新坐好后，又继续沉浸到那觥筹交错的欢乐之中。

我跟着父亲，也陪着父亲，记得六七岁时的一个深夜，敞开的窗帘让窗外一点清淡的月光照进房间，在浓重的酒气中开辟了条淡黄色的通道，醉醺醺的父亲在我连哄带拉之下终于躺到了床上沉沉睡去。我走到客厅看看墙上的钟表，这会儿距离母亲下夜班到家差不多还要有一个钟头的时间。我又回到了卧室，精神十足地坐在床边守着父亲，他起伏的鼾声是我在独自清醒的深夜里唯一踏实的依靠。像这样伴着酒精发出的鼾声，其实一直飘荡在我童年的记忆里，鼾声一起，酒精就会消退，因此在与酒精的无数场对战之中，鼾声便是令我最感幸福的期盼。我就在这幸福中安静地坐着、等着，直到屋外传来机械转动的声音，传来钥匙和门碰撞时的声音，房间里的团团酒气就像憋闷已久的孩童顿时活跃了起来，撒着欢儿地向门口飞奔而去，萦绕在母亲耳边悄悄密语，向她告知这一夜的故事。

母亲掀开门帘见我安静地坐在床边，有些惊讶，甚至没顾上换鞋便径直向我走来。我也朝她走去，床与墙之间的一条狭窄过道，不过两三步而已，她轻轻地对我说道：“你去睡吧，我来照顾他。”

顺利交接，任务完成。

父亲喝醉的时候常有，可把我丢下的时候从未有过，每次临走前他都会握住我的手，他手心的温度比平时要高，攥的力气也比平时更大，许是因为那次在菜市场里的惊慌，给父亲心里留下了层照不亮的阴影吧。

很早之前，我家附近有个蛮大的室内菜市场，每天上午和下午时分，方圆几公里内的居民都会往这里聚集。虽然当时我还找不到从市场回家的路，但对市场里的某些摊位和摊主已经有了熟悉的印象。有一天中午父亲领我去买菜，他叮嘱我就站在他身后不要走，而我还是溜溜达达不知走去了哪里，再回头，拥挤的人群中便不见了父亲的身影。

我的眼前一片茫然，四面八方明亮的阳光合成了一张无色的背板，密密麻麻的人群都在这背板上移动、交叠、重合又分开，远远近近，每个人都化成了一抹颜色，相互调和，把这无色的背板涂抹得稀里糊涂。我一头钻进那乱七八糟的颜色里拼命寻找，在眼花缭乱的色彩中穿梭、奔跑。突然几颗雨珠从上面落下，没有源头也没有尽头，滴落在背板的两行颜色之上。少顷，雨珠连续不断，一行行颜色纷纷滑落，好似炫彩的波浪在涌动，颜色消失，背板融化，眼前的模糊又具体了起来，当光刺破泪水的一刹那，一声叫喊将我的心神拉回到现实中。

“你就在这等着，千万别走！”身旁卖菜的大姨隔着案板伸出手来，像是要抓住我，却又够不到我。门口的保安见状也走了过来。

“你家住哪儿知道吗？”我摇摇头，我知道那个地方，却不知该如何形容。

“你爸妈叫啥记得吗？”我还是摇摇头，我记得他们的名字，但只限于脑海之中，稍向嘴边移动，那名字便模糊了。忽然想起趴在姥姥家阳台上瞭望父亲身影时的情景，楼下旧货市场冷清得没有几个人，于是心里越发感到焦急，焦急又变成埋怨。而眼前的市场里人来人往，叫卖声高高低低，心里的焦急当有百分或千分了，它齐刷刷涌向另一条更宽阔的通道，那儿的终点叫做恐惧。我认为恐惧是情绪的“底绪”，我不知这样形容是否合适，但我相信我发明的这个词语能够直接确切地表达出我的意思。

幸好，一声大喝阻止了恐惧塌陷成崩溃。

“你去哪儿了？不是让你站着别动吗？”愤怒的训斥，以及愤怒的一脚，都来自于那个我热切期盼的人，我随即放声大哭，顾不得是否委屈，只是哭，尽兴地哭，那一刻我才知道，恐惧融化在泪水之中便是幸福。

许多年后，他们偶尔还会提起这件事。父亲问我：“如果当时你丢了，现在走在街上咱俩擦肩而过，你还能认出我吗？”

我说：“不知道。”

我也反问他：“如果当时我丢了，那现在我的生活是不是可能会更好？”

父亲转头看看窗外，“咔”的一声，烟头被火苗猝不及防地吻了一口，一缕白烟随即飘向窗外，他点了点头，认真地说道：“嗯，要是被哪个有钱人家领走了，还真说不定。”

如果我真的就此与这个家庭擦肩而过，那父亲的因爱之变恐怕就将是另一种颠覆性的转变了，因为“幸好”，所以一切之变都未曾被察觉，不过潜移默化之中还是有个寻常的雨夜值得特别一提的。

那个夜晚父亲不知又去了哪里，我哭闹着要母亲带我出去找。母亲也不知他究竟去了哪里，在没有手机的年月里，找人就得凭经验和直觉，经验便是父亲常去的几家饭店，可直觉就没边了。

于是，我跟在母亲身后走进了第一家饭店。

服务员笑容满面，从大堂快步跑到门口。“您好，咱们几位？看看吃点什么？”

“我们找人。”母亲的语气平淡极了。

服务员洋溢的热情骤然消退，随之骤然而起的是我心中兜裹不住的尴尬，那是我在幼小的年纪里所尝试过最苦涩的滋味。我忍不住偷偷瞄了一眼母亲，她面无任何表情，不知她是没有感知，还是人为地屏蔽了。

等到第二家店时，我拽着母亲的衣襟畏缩在她身后，不知母亲有没有察觉到我的拖拉，索性什么也不想了，紧紧跟在母亲的身后。从小到大很少有哪个时刻令我对母亲的小体格产生过高大的感觉，那天晚上我感觉母亲的个头儿变高了，体型变宽了，她走在前面就像一面宽大又坚实的盾牌，挡住所有可能随时喷溅出火花的热情，挡住所有令我心生恐惧的因缘。

我们从最后一家饭店走出来时，天下起了雨。记不得那雨是大是小、是缓是急了，只记得雨雾朦胧之中，几百米开外的一座门楼式建筑的半圆形门洞里出现了一个身影。眼中模糊的景象经过某种特殊通道传输，却能够在脑海里清晰成像，影像又迅速升温、液化，再经另一条未知的特殊通道咕噜咕噜顺流而下，将满心的焦虑与沮丧浇灭。我狂奔而去，腾地蹿到了父亲身上，用尽了浑身最后一点儿剩余的力气。

那晚回到家，母亲将湿漉漉的我擦干，父亲下厨为我做饭，我就躺在床上，看着厨房里亮起的灯光，柔和烘焙出了温暖，原来昏暗有时也并非是件坏事。这会儿，厨房里钻出了葱花炝锅的香味，听着父亲责备母亲、母亲埋怨父亲、炒勺与铁锅在中间叮叮咣咣的声音，这是一支多么美妙的催眠曲啊！我又怎能不香甜地进入梦乡？

后来父亲很少再出去参加酒局，而不久前我才知道，在那个寻常的雨夜，父亲从厨房里出来时我已经睡着了，他便一直坐在床边，静静地看着我……

第六章 赚钱之道

从我记事儿起，父亲便经常对我说："等我哪天中了五百万，就……""五百万"从来没有变，但后半句在我的记忆里却有好多个说法。

最开始，父亲说："等我哪天中了五百万，就天天带你下饭店。"之后长大点儿了，父亲说："等我哪天中了五百万，就把咱家这些东西都换成新的。"后来上中学了，父亲又说："等我哪天中了五百万，就先给你往银行存两百万留着上大学、娶媳妇，剩下的钱把咱家这房子换了，再买辆好车，休息了想去哪儿就去哪儿。"再后来大学毕业了，父亲说："等哪天我中了五百万，就先给你买套房子，我再买辆房车，退休了带你妈到处走走看看，剩下的钱给你存银行留着娶媳妇。"上次我休假回家，因为抱怨工作的烦恼，又勾起了这个话题，父亲放下装满啤酒的高脚杯，嘴角还挂着一抹白色酒沫，对我说："等我哪天中五百万的……"我本以为还是上一次的那套说辞，没想到他撇了撇嘴接着说："不行，现在五百万不好干什么了，等我哪天中一千万的，你就别干了，回家来吧。"我有些意外，虽然事实上什么都没有变，可好像又什么都变了，玩笑的语气中并不高明地隐藏着一位父亲的心疼与无奈。

如果说中彩票是件永远可以被希望的事情，那也只不过是随缘的希望罢了（原谅我又说到了这个词），就像餐桌上调节气氛的那杯啤酒。美了，醉了，又醒了，酒不能天天喝，但饭要顿顿吃，赚钱还是要靠手提上去、肩担起来、脚走下去的——这个道理，父亲是明白的。

时光倒退四十年，父亲也是个小有名气的人，不仅在学校里，在附近一小片区都是，不是因为运动会的名次，更不是因为学习，而是因为打架。别看他个子不高身材干瘦，可打起架来还真有股子力气，从小到大我和父亲掰手腕就从来没有赢过。父亲给我讲过，打架不能拼蛮力，要有技巧，别人怎么打过来的你就怎么躲过去，但这种灵巧劲儿，我与父亲是不可比的。学生时代的父亲就是个“小混混”，想起我读中学时，常会有三三两两的小混混在学校附近转悠，趁学生们放学的机会，拦住某个独行的学生索要些零钱。可父亲骨子里还是个老实人，这就注定了打架只能带给他伤和痛，却无法带给他任何物质上的收益。在那个生活异常拮据的年月里，一个不赚钱的大小伙子给家庭带来的负担是不言而喻的。

父亲卖力气的经历还是很丰富的，推小车、看货场、当装卸工、做面包，所有这些工作都与铁路相关，所有这些工作也都要下苦力气才行。听父亲讲讲他的这些经历，我感觉第一个推小车还算是个相对轻松的活儿，就是把火车运到的货物装进一种双轮斗车里，人推着这样的小车从火车站送到工厂里去，再从工厂里把要运走的货物拉回火车站。我是觉得小车无论多么简陋，毕竟还有俩轱辘，只要坡不陡，推起来也不会太累。岂不知想象与实践的差距不在一个维度上，我也是直到工作以后才发现的。

有一次单位组织清理花坛里的垃圾和杂草，空地上停放了辆小推车，所有的垃圾都要装进小推车送到两百米外的垃圾点。我主动申请运送第一趟，枯树枝、碎砖头和连根拔出的杂草把车斗装得满满的，送的过程是条下坡道，我以为也就抬起车把这一下子力气的事，可走起来却根本不是以为的那么简单。想一想春晚小品《卖拐》里的那句经典台词："走着走着就瘸了。"对，这小车是走着走着就斜了，我像是被两个轱辘给忽悠了，最后费了九牛二虎之力，才算是东转西绕地卸下了一车垃圾。返回的路上本应该轻松些，可偏又是上坡道，两两相抵，又是一番力气。我真是想不明白，父亲究竟从何而来那样充沛的力气？

无论是推小车、看货场还是其他的那些，都非长久营生，即便是卖力气也不踏实，可力气的寻租又怎是件容易的事？直到二十六岁那年，赶上县城火车站招工，而且招工的年龄上限就是二十六岁，那大概是父亲唯一重视过的考试，他决心要为自己的力气寻上这个赫赫有名的东家。此刻，他命运的齿轮已经开始了转动。

一颗年轻的心就此安稳下来了，但毕竟年轻，安稳的平静遮盖着跃跃欲试的冲动，等到后来街面上兴起了出租车，掩盖已久的冲动终于压抑不住了。

老家县城最早兴起的出租车都是红色的夏利牌轿车，款式有两种，一种带"屁股"，另一种不带。带"屁股”的是新款，不带的是旧款。我喜欢带“屁股”的款式，倒不是新旧的问题，而是喜欢它那种顺畅舒展、有始有终的流线形态。某个夏日的夜晚，市区街边一棵柳树下停了辆不带“屁股”的夏利车，车里有人也有光，柳枝被清凉的晚风拨弄得来回摇摆，好奇的路灯透过柳枝间隙专注地窥视着。

车内顶灯散落下的暗黄色光线，照耀着司机和父亲各半边脸庞。半昏半明之间俩人已经交谈了一个多小时，烟头接二连三地从车窗飞出去，驾驶台上烟盒开口处裸露出个空荡荡的黑洞，可他们的交谈仍没有结束的意思。

“你要想请司机，我倒是想起个人，活儿没得说，人家也不差钱，只要他想干，用他的人什么时候都有。就是他母亲身体不大好，他一般不愿意出来干，你要是能请动他，这事基本就成了。”

“哦？谁？”

“胡金福，就住在紧北头，你认识他吗？”

“不认识。”

“他这会儿不知道在不在家，要在家的话我倒是可以拉你跑一趟，帮你说合说合。这样，我先打个电话问问。”

我枕着书包躺在后座上，困意渐浓却又被司机打去的电话搅散了。听起来两个人是熟络的，几分钟后出租车终于启动了，不知旁边整晚抻着头的那盏路灯是否探听到了车内的密谈，也不知兴致勃勃的它是否因我们的离开而顿感失落。

出租车开进了一片瓦房区，停在还算宽敞的小路上。父亲刚要拉开车门，司机突然转头拽住了他："等会儿进去就说咱俩是亲戚。"父亲点了点头。

司机带着我们找到了路边的一户人家，几下叩门声响，有个男人走了出来，我猜想他应该就是我们要找的人。果然，司机与男人几句寒暄过后便将父亲介绍给了他，就按照他们下车前约定好的那样，父亲是他的表弟，我是他的表外甥。

我们被请进屋里，经过厨房与厅堂时遇到了男人的母亲。"妈，来了几个朋友说点事情。"老人家点头笑了笑，没多言语。男人引我们走向内室，所谓内外也就只有半副门帘相隔，遮挡着土炕、柜子、圆桌以及其他一些七七八八的东西，简单又传统。

"今天来主要是为我这个弟弟的事儿，他以前没干过这行，我就说带他来见个行家，帮忙给指点指点。"

父亲赶忙掏出烟来，烟盒拿在手中倾斜几度，从里面滑出来几根香烟，他抽出两根分别递给男人与司机。男人露出谦恭的笑容，笑容平复后他的脸上浮出思考的痕迹，他显然已经清楚了我们的来意。我们坐的时间不长，他讲了一些事情，具体讲的什么当时我也没有在意，其实无论他讲了什么现在看来都不重要，哪怕只是迎我们进门喝杯茶，也要记住人家的一番好意，不过后来我再也没有见过这个人。

没过几个星期，家里就发生了件不敢想象的大事，父亲开回来辆崭新的红色夏利车，就是我喜欢的那款，在那个一元钱买一个奶油大面包的年代，我竟能够经常坐上起步价五元钱的出租车。

新车都要有段磨合期，父亲便每天晚上拉着我们四处兜风。车刚提回来的那天傍晚，父亲最先下的楼，我跑在后面，母亲则提了个布口袋跟在最后，清亮的喇叭声顺着楼梯口就钻了进去，催促我们加快些脚步。那辆夏利车朱红色的皮肤着实耀眼，暗淡的楼梯口仿佛是它登台前的幕布，几米远的距离我似乎经历了场特殊的仪式，既迫不及待要向它靠近，又每一步都小心试探，仔细辨别这是否真实，怎敢想象一个普通的工人家庭竟会拥有一台如此昂贵、大气还不失美丽的汽车。直到我弯曲的手指勾住副驾驶的门把手，激动、忐忑与纠结的心终于安定了。

父亲左手握着方向盘，右手搭在变速挡上，车已经打着了火，他安静地感受着发动机的震颤，触摸似乎搭起了一条动与静、人与物交流的通道。父亲就是这样，哪怕与机器相处，他也不单用眼睛来观察，尽管他有双令人夸赞的炯炯有神的大眼睛。他常说一句话："养车就和养人一样，你糊弄它，关键时刻它就折腾你。"

待我们上车坐好，父亲按部就班地放手刹、挂倒挡、抬离合，眼神在左右两个后视镜上跳来跳去，手和脚配合地转一点、抬一点，整个过程十分顺利。这是一场纯粹的旅行，不掺杂对任何目的地的向往。父亲一路向城外开去，大概是在经过某个小区或者某个路口之后，行人便不再能见得到了，路又窄又颠，车辆也渐行渐少，偶尔会从路边的瓦房里传出几声粗野的犬吠，吵得附近一棵孤零零的老树不悦地甩了甩头，丢出一片衰老的叶子，叶子畏畏缩缩蜷曲着身体，恰巧落在副驾驶一侧的挡风玻璃上。我向它伸出手，隔着玻璃触摸它，玻璃不冷，但它一定很冷，许是它也想拥吻我的掌心，激动得刚站起来，就被风按倒在了玻璃上。谁想它偏偏还是个倔性子，瞅准机会又站了起来，赶巧路口亮起红灯，父亲轻踩刹车，叶子摇摇晃晃，在艰难的平衡中左右来回挣扎，可最终还是掉了下去。

漆黑的夜色立刻吞噬了那片叶子，都没来得及在后视镜里留下一点痕迹。我转头看看父亲，他的目光专注不移前方，手始终不离方向盘，他还沉浸在一名驾驶员的快乐当中。在我更小一点的时候，因为晕车所以很抵触坐汽车，往往有些不得不坐的时候，满心都是对目的地急切的盼望。后来过了几年我突然发现自己不晕车了，但也很少有机会能再坐上汽车。那晚我第一次在心里感叹这高级的大家伙真是个好东西，它竟然化解了我心中对陌生与未知极度敏感的恐惧，倘若此时我也置身于车外的话，恐怕会与那片叶子命运相同——它销匿于黑夜，而我销匿于恐惧。

想着想着车突然停了，父亲说有个地方出了问题。母亲立刻从后排探过身来。紧张地询问父亲该怎么办。我的小恐惧顿时就漫了上来，“总不至于真的要置身荒野了吧？呸呸呸！不会的！不会的！”我不禁有些埋怨自己刚刚那些七扯八拐的心思，但仍旧虔诚地发出祈祷，大概他或者他们是能够自行接收到的吧。

父亲还在不慌不忙地反复试验着，嘴里嘀咕道：“不应该啊，就是这样的。”

“还能继续开吗？能开的话赶紧往回走吧。”

母亲像是建议也像是试探，飘浮的声音没有底气。

“你们在车里坐着，我下去拦个车问问。”父亲说着就拉开车门走了下去。

我坐在车上，不言不语，看着后视镜中他走远的身影，或明亮或刺眼的光柱与黑暗交替，吞吐着父亲招手的身影。没过多久，一个陌生人打开了驾驶室的车门，他半身钻入车内，在仪表盘与几个操纵杆间东察西看，一股厚厚的烟味从他的衣服上抖落下来，不过这人懂行也利落，三两下便给拨弄好了。他退出车外，父亲从兜里掏出烟来递上一支，拇指使劲划了几下火机的磨擦轮，另一只手做半握状护住火苗，直递到对方嘴边，这应该是他们抽烟人专有的礼节。两行白烟在这个不知身处何处的深夜里结伴向空中飘去，几句简单交谈之后，开动的车轮又回到了各自的车道上。

“有面包、香肠、鸡蛋、香蕉，你们想吃点什么？”母亲这时才安心地打开了那只从家里带来的布口袋。

“我要面包。”就是那种白白的切片面包，母亲整袋递给了我，并且嘱咐我接着袋子吃，不要把面包屑掉在车里。

“以后别把这种掉渣的东西带上车。”父亲的语气略有不满，母亲也未言语，她接着剥了两根香肠，分别递给我们俩，父亲本能地向后一靠，连连摇摇头，“开着车呢。”

母亲往父亲嘴边又递了下：“我拿着，你快吃口。”见母亲丝毫没有退缩的意思，他也就咬了一口，边嚼边指向窗外说道：“看，前面就到了你大姑当年下乡的地方，我经常从城里来看她，那会儿也没有车，我就自己走着来，这些道儿我当年都走过，是实打实用脚走的。”原来父亲脑袋里有幅年轻时画下的地图，于是我偷偷卷起来藏在心里，它无须为我导航，我只要能够感知到它的存在就好。所以我曾以为是汽车消除了我对黑暗、对未知、对孤寂的恐惧，后来发现其实与车无关，一切都是父亲。

不知大家是否相信人真的会有某种“特异功能”，或许严格地说这也算不上什么值得鼓吹的本事，但我的确由于许多次准确的判断而扬扬得意，当然这本事也与那辆红色的夏利车有关。有段时间因为夜班司机家里有事，所以父亲休息时就自己去跑夜班，每每夜色深沉，我的耳朵好像就变得更加灵光了，楼前停车场上陆续传来汽车熄火与开关车门的声音，清晰极了。我在静静听着，也在静静等着，直到那个令我感觉有别于其他的沉闷关门声传来，我猛地起身跑向阳台，在陈旧的纱窗网迟钝地将窗外景象分割成拼图状之前，目光就已经为我捕捉到了正弯腰查看车况的父亲。

我转身就往屋里跑，双脚麻利地在门口甩掉拖鞋钻进凉鞋里，一溜烟地冲下楼去。除了停车场四周几盏彻夜不熄的路灯外，就只有道边一座铁皮板房还亮着灯。那是家杂货店，在我们家楼下开了好多年，和老板娘都很熟识，有时顺路买点什么东西忘记了带钱，老板娘都会爽快地让我们先拿走，回家后母亲再差遣我跑趟腿儿，赶紧给人家送下去。按父亲的步子来算，店里的空间大概三步宽六步长，除了冬天取暖的煤炉，还有位体态微胖的老板娘，剩下就是各种各样满满当当的商品，如若转身时不加注意，经常会碰掉点什么。

我素来喜欢热闹，更喜欢这种无声的热闹，琳琅满目供我任意挑选，最后选中了收款台上摆放的月饼。

“五仁、豆沙、什锦，要什么馅的？”

“什锦。”

老板娘手上套着塑料袋取出一块月饼，袋子翻个个儿顺手打成结递给了我。我们是她今天最后的顾客，她随我们一同走出来，举起深蓝色的金属挡板对准窗户滑槽熟练推了进去，金属挡板滑过滑槽发出先高而有力，后低而顺滑的摩擦声，为静谧的夜晚又添了几分愉悦和欢快。

我把月饼从“什锦”两个字中间掰开，裸露出的青红丝绽放着甜甜的光彩，这样的夜晚是多么美妙啊！这是我记忆中最深刻、最留恋，又再也无法复制的两个夜晚之一。至于另外那个夜晚，就留待后面合适的时机，再为大家呈现吧。

后来，车卖了。母亲拿出厚厚一个本，算了算买车钱、卖车钱、修车钱、司机交来的钱、付给司机的钱、油钱、税钱还有数不清的杂七杂八的钱，不仅没挣反倒赔了些。不过这并未完全击垮父亲的信心，之后也有过几次尝试，若单从收益的角度来评判，结果算是不赔不赚，于是父亲想明白了，看来属于他的赚钱之道只有卖力了。也好，索性击碎除中彩票外对财富所有看似唾手可得的幻象，踏踏实实地卖力气，在铁轨、石渣的极度现实中与彩票的极度虚幻中，活着、奔着、期待着。用父亲的话讲：“这就是命。”用哲学的话讲：“这是两个极端主义的分剥与聚合，它们总是在平淡无奇的日子里相聚在一起，又在物质的困难前和平分手，宿主的双手捧起了前者，宿主的精神拥抱了后者。”

第七章 『不识字』的文化人

从我脑袋里萌生出写这样一篇题材的稿子开始，我就知道怎么也绕不开这个话题了——我的父亲是个什么样的人？想一想，我应该说他浓眉大眼、皮肤黝黑，他性格直爽、脾气倔强，他……我在绞尽脑汁琢磨着下一句该从何写起，又该用什么样的词语，才能努力完成一段冗长的文字以阐述清楚这个话题，可放笔想想似乎又有几分八股文的滋味。或许提出这个问题本就是多此一举，因为我写下的每一个字符都是题中之义。不过我还是没有忍住，姑且就把它当作是个一级标题吧，我只想借助这个一级标题讲一件事——我的父亲是个文化人，可他却自称是“不识字”。

事实上，父亲只是文化程度低了些，并非不识字的文盲，但他总乐于用“大字不识”这个夸张的词语来形容自己，尤其是在我们谈论起“拼爹”这个话题时，父亲坦然地讲初中毕业参加工作是他们那个年代绝大多数人走的路，从众在任何时代都是理所当然的，况且对于学习他也丝毫不感兴趣，所以没有什么好羞愧与后悔的。如果就此对父亲的文化水平做定义的话，恐怕要有失偏颇了，我应当承认对父亲文化的认识并不是件短时易行的事情。

谈及父亲的文化，我想先讲个小故事。从前有一头小猪，它是村里的土地主，成天吃香的喝辣的，吃完了倒头就睡。它家里藏了一窝耗子，经常趁小猪睡着了偷它的东西吃，给小猪气得咬牙跺脚却没有办法。于是小猪就在村头贴了张告示：“谁能帮我抓到耗子，我就让谁来当管家。”这天，从村东头来了只黑猫，从村西头来了只白猫，它们同时看到告示，一人撕下一半就来到了小猪家。小猪打量它俩一番，留谁不留谁一时也犯了难，思量片刻，小猪说道：“这样吧，你俩先自我介绍一下。”

黑猫张口就来：“老猪，别的不敢说，抓耗子俺可在行，俺曾一口气抓过十多只耗子，交给俺你就放心吧。”

小猪一听，脸上露出不悦的神色。

白猫嘴甜，面带笑容地讲道："猪哥，你让我留下来，我保你不再受耗子烦扰。"

小猪一听，乐了，最后白猫被留了下来。

老鼠们见来了只白猫，摸不清底细也都不敢贸然出洞。起初几天，小猪家果然十分安宁，再加上嘴甜的白猫成天把小猪哄得乐呵呵的，小猪对它很是满意，一天三顿带它吃香的喝辣的，给白猫养得又白又肥。这天中午，小猪下厨做了一桌子好菜，和白猫一顿胡吃海喝之后靠在椅子上就睡着了，老鼠们瞅准时机倾巢出动，把小猪和白猫全都捆了起来。醒来的小猪气得脸发绿，就在这时黑猫出现了，三下五除二把耗子全给逮住了，被救的小猪"嗖"一脚就把白猫踢没影了。从此以后，黑猫接替白猫做了管家，小猪家也再没有闹过耗子。

这个故事的名字叫《小猪贴告示》，是父亲仅会的几个故事中我最喜欢的一个，也是父亲的故事单里我点的最多的一个。在那些个要听故事才肯睡觉的夜晚，刚刚下班进门还没来得及吃饭的父亲就被我拉进了卧室，他胳膊肘撑着床，脑袋枕着手掌侧卧在我身旁。父亲的语气紧随故事情节的发展而变换，极其形象的拟声词表现出了他那独有的幽默，我的小脑袋里像放动画片一样浮现出垂着哈喇子的小猪、面笑心不笑的小白、满脸正气的小黑，甚至浮现出了故事里小猪做的那桌好菜，油汪汪的花生米、肥瘦相间的大肉片，还有小猪倒酒时，一半入杯中，一半溅在桌子上等等具象的画面。待我像故事里那只小猪般香甜地睡去之后，父亲这才轻轻地退出卧室，煮好的面条已经凉了、坨了，但他还是饶有兴致地吃了满满一大碗。许多年后我问过父亲，他这个“大字不识”的人是从哪里学来的那些故事？“上哪儿学去，那都是我瞎编的。”父亲回答我。

如果让我来评价父亲讲的故事，就两个词：精彩、惊奇。发出声音讲的是精彩，默不出声讲的是惊奇，父亲是会讲两种故事的人，只不过对后一种故事我是后知后觉的。坦然讲是直到此时此刻，我的手悬浮于键盘之上，回想起当时的情景，这才恍然大悟，那不正是父亲讲给我的第二种故事吗？

十三岁那年夏天的一个傍晚，母亲把饭菜端上桌，一盘白水煮菠菜，一碗鸡蛋酱和白米饭，她顾不得招呼我和父亲吃饭，便匆匆穿上衣服出门了，她的妹妹在医院里即将生产。简单的晚饭让我提不起什么兴趣，再加上那晚家里停电了，漆黑烘衬着无聊的孤寂，于是床成了饭后唯一的依赖。我当然不会老老实实静候睡意的降临，翻身、踢腿、打滚，父亲习惯性地侧卧在我身旁，许是出于对那块早已被我踩裂了的床板彻底折断的担心，他大手一挥把我揽入怀中。

“咱俩玩儿个游戏吧，怎么样？”

“什么游戏？”我的一双小眼睛在黑漆漆之中霎时发出了亮闪闪的光。

“很简单，猜字谜，谁输了就弹一下奔儿头。”

“好啊，好啊。”

父亲伸出手来，食指在我脑门儿上一笔一画勾画起来，他指肚的皮肤略显干涩但不算粗糙，像是从我的脑门儿上钻进了脑袋里，黑色的墨汁在红色的世界里写下答案。“笔”停了，我脱口而出，食指铆足力气抵在拇指上，却因用力过大而放了个“空炮”，坏心思的落空惹得父亲好一顿嘲笑，我则气恼地非要再弹一下，孤寂的夜里发出了清脆的撞击声。

轮到我写了，我的手指在父亲脑门儿上轻轻划动，可随着笔画的延长，我恍惚间觉得要写的那个字竟突然动了起来。它的笔画在扭动，先是突破了方方正正的框架，然后是转动、舞动、跳动，动作越来越大，突破变成了革新，它的模样没有百也有十，它的神秘像蒙娜丽莎的微笑，像传统川剧的变脸。不过无论它如何面目全非，我都相信它仍然是我要写的那个字，只因为我牢牢记得它的发音，发音就像牵着字的线，于是一个字上演了一出皮影戏。此时我倒觉得音和字互换了角色，音有影，字反而消了形，与之同理，手指是笔，笔却不是笔，脑门儿是纸，纸却非纸。

纸是鼓，笔是锤，这不是写字而是奏乐，那字又从何而来呢？它是两个思想在交流中孕育，两个温度在融合中孵化出来的。至此，这便不能再叫作是一个游戏了，它应该被称作故事，就是父亲所讲的那第二种故事。

听故事总没有看故事过瘾，看静止的总没有看动态的过瘾。小时候家里有台小彩电，放在一米左右高的白色柜子上，父亲习惯搬个板凳坐在柜子前，摆上暖壶与茶杯，他喜欢将茶沏得浓浓的，为此母亲没少抱怨他浪费茶叶，父亲则左耳进右耳出，端着茶杯悠然地边喝边看。我索性连凳子都不搬，直接爬到父亲腿上，他那一双大手将我抱正，粗壮的手臂拦在我的胸前，然后十指交叉卡在我的腹下，儿时记忆中这样的紧密给予了我最牢固的安全感。

每当一集节目结束时，父亲就会松开手，催促道："下去吧！"我总不会痛快地跑下去，往往要再赖上几秒，父亲有时也会不耐烦地直接把我抱下去，等广告一过，我就又爬回到了他的腿上。有一部电影我印象特别深刻，后来我又根据隐约记住的画面特意去查了电影的名字，可类似的几部与印象又不完全对得上，许是记忆出现了偏差，不过无伤大雅。电影结尾是双方军队冲锋式决战，宽阔的山坡上尸横遍野，鲜血汇成数股溪流后淌入河中，血与水再也分不清楚了。电视里红彤彤的一片，闭上眼睛还是红彤彤一片，经久不退，我甚至怀疑我的眼睛是不是被电视给染红了。

当时年龄尚小，我以为电影里的人是真的死去了，可人死后生命又去了哪里呢？又在做什么呢？我也不知道自己稚嫩的小脑袋为什么会冒出这样的想法，似乎是猝不及防地陷入了想象与思索，我仿佛跑到了那片战场上，顺着鲜红的血河流淌的方向一路奔跑，探查他们的生命去向何方。"他们"究竟去了哪里？我在心里一遍遍追问。眼皮忽地动了一下，如风吹过幕布般，摇曳的褶皱又迅速恢复，鲜红变成了浅红。突然一阵头重脚轻，我似乎跌倒在地，想要爬起却发现四肢毫无力气，我开始轻飘飘地浮起，好像浑身的重量全部都消失了，在离地两米半高的空中漫无目的地飘浮，被东来的风吹过山顶，被西去的风吹下河流，我拼尽力气想要呼喊、想要尖叫、想要控制自己的身体，可任嘴巴如何张大也发不出丁点声音，任手脚如何挣扎也无法自主行动，难道这就是生命在另一个神秘空间里存在的状态吗？

不！现在也可以说是我，让我猜一猜，这样飘浮游荡的最后目的地会是哪里？我又将去那里做些什么？恐惧、难忍与期待紧密地缠绕和交织，或许只有时间能够给出答案。再一次，浅红色的幕布开始抖动，程度异常剧烈，深陷的褶皱破裂又弥合，终究抵不住锐利的光芒如针点般射入，最终光明冲破了一切，午睡就此结束。

就在我那般大小的时候，姥爷的母亲住到了姥爷家。我应该管她叫太姥姥，我对她只有瘦骨嶙峋这一点印象，枯瘦得令我害怕，只有吃饭时她才缓慢地动一动，仿佛是有股微弱的力量拖行着一副陈旧的皮囊，里面兜装着枯朽却仍然成型的骨架，每一步都像是对皮囊破裂与骨架坍塌的极限考验。某天深夜，她在睡梦中安详地离开了。家里有人在窗外的石台上放了一碗水，说是老人去世后会回到她住过的地方再看一眼，放碗水就是以备她渴了要喝。真假无从考证，可我倒是愿意相信，家依然是逝去生命的归宿。

四季之中我对秋天所费笔墨尤其多，至于原因在我第一部小说的开篇就曾详细阐述过，甚至就连小说的名字都以秋来开题。而与秋相关的还有一件事我之前忽略了，那就是秋天坐在父亲的腿上看电视，是与其他季节所不相同的体验。东北的秋天，天气早早就凉了起来，可墙边灰溜溜的暖气片却还丝毫不为所动。父亲披着件棉袄坐在电视机前，我又跑过去爬到父亲的腿上，他把我抱正，拽起棉袄的双襟将我裹在里面，我顺势盘起腿来，只探出个小脑袋在外面，脖子以下俨然置于一个恒温的“小暖炉”中。

有一回母亲上夜班，我和父亲就这样一直看到深夜，电视里放映的是古装剧《神医喜来乐》，正播到郎中喜来乐被封钦差大臣回老家主持治瘟事宜，与徒弟半夜跑到老家县衙模拟审问死对头王太医那段。我和父亲笑得前俯后仰，开怀的笑声在寂静的夜里传荡开来，父亲赶紧拍拍我，示意我小点声不要惊扰到左邻右舍，毕竟老房子隔音太差，莫说是这样寂静的深夜，哪怕是白日里，邻居家的争吵都能够听个大差不离。

对于类似题材的古装电视剧我都很喜欢，像《宰相刘罗锅》《康熙微服私访记》《铁齿铜牙纪晓岚》……随口就能说出一串的名字，并且其中每一部我都看过好几遍，每当我要与父亲抢频道时，他总会不耐烦地问我："你天天看，不腻得慌吗？"怎么会腻呢？用个时下流行的词来讲，它们都叫作"电子榨菜"。当然演出来的都是故事，好与坏界限分明，善与恶针锋相对，正义最终如期而至。就是这样的故事引导幼小的我产生了向往，向往好，向往善，向往以好与善之名驱坏抑恶，引导我产生悲悯，悯生，悯人，悯小人物逐生之光。不记得是在哪里第一次见到的那首诗，我立刻就喜欢上了它，认认真真反复默诵了好几天，直到现在它仍然存在我的脑袋里，完完整整一字不差。甚至在几年前一个独自的深夜里，我还将它写到了一本崭新的笔记本的扉页上。

如果讲这首诗大气磅礴，我觉得粗放了些，这样的格局，这样的心智，这样的勇毅，我实在想象不出一个什么样的人能够兼而有之，这似乎超出了"人"的能量范畴，但我仍然深刻地喜欢着它，曾经许多个孤独、低落又迷茫的夜晚，我便会情不自禁地轻声背诵起来：

“为天地立心，为生民立命。为往圣继绝学，为万世开太平。”

如果说高考是人生的第一道分水岭，那么我的这道分水岭划得便要更早一些，因为在老家那样的小县城，能够考入什么样的高中基本就决定了能够考上什么层次的大学。我中考那年是先报志愿再考试，每个学校相对应有两个选项可选——公费与自费，录取分数线略有差距。自费也就是所谓的择校费，收费标准按照学校的好坏依次递减。我就读的那所高中自费标准是全市最高的，差不多近于父亲当时一年的工资，而学校的档次每下降一档，自费标准也会相应地降低一部分，这一部分的差别就在于第一档学校追求的是985或者211，第二档学校追求的就是一本上线率，以此类推。如果选择了自费，分数也够了线，那么你即便想要公费去低一档次的学校也是不行的。其实中考报志愿唯一需要考虑清楚的就是要不要花钱，所以每当父亲说他们那个年代的人都不读书，也没有条件读书，我是没有资格一口反驳的。

报考志愿卡是在周五放学前发下来的，当晚回家我就把它交给了母亲，这件事的确有点困难，按照我平时的成绩，基本就是在第一档学校的公费分数线上下徘徊，究竟是上还是下，大概率就要看运气了。

“志愿怎么报？”

母亲扫了眼志愿卡，转手夹到了书里，又把书放进了抽屉里。

“你去问问你爸。”每当遇到这样重大的问题，母亲从来都是只参与意见，而自觉地将决策权交给父亲。

可父亲连看也没有看那张卡片，痛快地对我讲：“全都选上。”

“自费也上？”

“别说自费了，就是花再多的钱，也要让儿子上重点。”

“好，听你爸的，都选上。”

记得中考出成绩的那天，以学校对面的公交站点为中心向前、向左、向右延伸，密密麻麻全是等待公布成绩的初三毕业生，艳阳高照的盛夏令人难以忍受的煎熬不是炎热，而是等待，是忐忑，现在想想那天只不过是太阳足了一点而已。

一张窄窄的小纸条上，最后一格里的数字是583.5——毫无悬念，重点高中的公费是没戏了，自费倒应该没什么问题，这一切都要感激志愿卡片上那个昂贵的涂黑。一个月后，在重点高中的教学楼外，家长们带着孩子排成长队，队伍向前移动的速度时快时慢没有规律。紧靠楼梯口的那间教室里，讲台被移到了墙角，几张课桌在教室前方合并成排，一台验钞机摆在上面醒目又扎眼。公费的学生家长只需要掏三百元学费，放到点钞机上“唰”的一声便结束了。待轮到我们，只见父亲双手紧贴裤兜外侧用力插了进去，鼓鼓囊囊的裤兜顿时被绷得紧紧的，弧形的边口狠狠拉刺着他的手背，疼痛也无法阻止父亲迅速掏出的果断。

那台点钞机可是终于能够过把瘾了，“唰唰唰唰……”它畅快地响个不停，好像响了很久，阳光洒在钞票薄薄的纸边上，像机械的织机上挂了金丝，一阵风的工夫便织出了件长方形的“金手绢”。我看得愣了神儿，点钞机都已经停下，我却感觉那“唰唰”的声音还在，似乎它将一直响下去，无休无止，直到老师指着花名册上我的名字让我签字，那“唰唰”声和那“金手绢”才终于消失。一支中性笔被搁在花名册旁，笔帽上还有两道清晰的裂痕，我抓起笔一笔一画写下了自己的名字。

现在看来，他们的这笔投资即便称不上成功，也还算得上收支平衡吧。我成为了父亲这一脉家族成员中唯一的大学生，闲来无事我还写了部长篇小说，并在“唯有限的物质与无限的努力”的决心下，成功实现了它的出版。那些善良的朋友们、亲爱的同学们无不为我送来他们慷慨的称赞，我难掩自喜，扬扬得意地给父亲母亲送去一本，故作淡然地等待他们惊讶的夸赞。但令我意外的是他们没有太多表现，实事求是地讲他们并未把这当回事，不过高兴还是有的。父亲只看了看勒口处我的照片和底下寥寥几行简介，母亲倒是多翻了几页，嘴里念叨着：“怎么早没发现‘小儿’有这特长？”当然，这对于他们来说着实是不可想象的，也正因为不可想象，所以也不真实，就像过生日点蜡烛，一年甚至几年一次，吹了、灭了，也就过了。

我不甘心他们这样的想法，一度认为这是他们与我的文化代沟，可什么是文化？高级的词汇？优美的句子？逻辑清楚的论述？不，这是文字，或者可以算作是才华，但绝不是文化，凝炼成文化的不是文字而是认知与行为，所以没有父亲的文化又何来我的文化？即便父亲真如他自嘲的“大字不识”一般，那他也是个“不识字”的文化人。

我也是后来才发现，原来父亲的文化宽厚于我，实用于我，包容于我，最终成就于我。

第八章 手艺

一

风车

父亲真正引以为傲的是他能巧的手艺，除了娴熟的工作技能，他的手艺总会在生活中给你意想不到的惊喜，甚至很有可能他只需要小露一手，便足以令我对一个季节都产生难以忘怀的记忆。

先来说说春天，风和日丽春暖花开，人们认为这个季节是希望的象征，就像花有花语一样，季节也有季语，并不要认为那只是美好的期愿，事实证明有时真的能够实现。

在自己那些朦胧的记忆中，有一只清晰的纸风车，被清晨舒爽的春风拽动着转个不停。那只风车的出现大概就在我刚上学后不久，是手工课上老师布置的课后作业。时值开春，公园门口摆摊的货架上插满了彩色的风车，一排排由高到低，整整齐齐，风一吹全都哗啦啦地转了起来，像座绚丽的彩虹矩阵。不知当时那样一只风车的价格是几块钱，因为我的小心思没有被母亲同意，她胸有成竹地告诉我，就把这件事放心地交给父亲吧。可父亲那天恰巧当班，回到家也要凌晨两三点钟了，我心里没底，强撑着眼皮坚持要等父亲回来。母亲仍然是那般充满自信地宽慰我："你赶紧睡觉去，我替你等他，你睡醒了就能看见风车了。"我将信将疑，直到眼皮被脑袋里各种各样的设想沉沉拽下。

第二天没等母亲叫我，我便从床上跳了下来。

"风车呢？我的风车呢？"父亲还在熟睡，母亲指了指客厅电视柜的方向，果然有一只风车立在上面。我兴奋地走上前去，风车的材质是张普通的A4白纸，正中心处用一枚大头钉固定，崭新的大头钉闪耀着锃亮的金属光泽。父亲做的风车美极了，每一扇曲面都既光滑又饱满，就像少女那圆润光洁的脸蛋，唯一令我感觉美中不足的是它下面插了根又粗又短的蓝彩笔，不过也幸亏彩笔那拇指肚大的圆底座，才得以使风车能够安安稳稳地立在柜子上。我给那只风车起了个名字，就叫作“胖姑娘”。

我大大方方地把“胖姑娘”摆在自己的课桌上，环望周围各式各样的风车，高的、矮的、胖的、瘦的，也不乏有与公园地摊货架上一模一样的，可就是没有“胖姑娘”这么自信洋溢，且美得恰到好处。忽而窗外吹进一阵微风，兴致勃勃的胖姑娘立刻呼呼地转动起来，这可不是普通的旋转，这是胖姑娘的舞蹈，或许我也应该为这种舞蹈起个特别的名字。那么好吧，我想一想，不如就叫它“甩头舞”吧。不管叫什么名字，她跳得那样流畅，那样富有节奏，那样深刻地让我记住了这只风车，记住了春天。

二

搓澡

我所待过的几个城市春天都是短暂的，好像前一股和煦的风刚刚吹过，灼灼的热浪就接踵而至，稍一动弹便汗流浃背。我想没有人会否认，洗澡是夏天最舒爽的事情了，可我小时候对洗澡却是百般抵触的。

“别玩儿了，赶紧过来冲冲，一会儿好给你搓。”父亲瞪大眼睛冲我厉声喝道，他单位的澡堂在一栋二层小楼一楼的最里间。那还是二十世纪九十年代末的时候，火车站里的那栋二层小楼，就是父亲直到现在都依然没有离开的地方，不过里面的格局与装修尤其是澡堂那间，都已经发生了巨大的变化。我最早记得父亲单位的澡堂是两间相通的屋子，一间是大池子，一间是淋浴，两间屋子大小差不多。

我喜欢泡在大池子里，一来可以玩儿水，二来可以磨蹭些时间，这样父亲搓泥儿的时候就会快一点。而每次我基本上都是被父亲的大手从水池子里拎出来的，因为再磨蹭会儿就要到工人们下班的时间了，到时澡堂里一下子便会热闹起来，大池子里就像煮饺子一样，动动腿都会碰到人，淋浴区也不例外，几个人排队等一个喷头，大家互相轮换着冲水。当时的淋浴器有只大大的长方形铁踏板，我合拢双脚站到踏板上，水就会从头上小小的圆形花洒里落下来，有时为了让水流更加集中一点，父亲就会把毛巾展开围着花洒缠一圈再固定好，像垂下条长长的象鼻子，阀门一开，充沛的水流就从那“象鼻子”里流了出来，管用且更好玩儿。二十几平方米的屋子，七八个花洒全开，只片刻工夫，白花花的雾气就能把整间澡堂给填满。

尽管被父亲从水池子里提溜出来，我也绝不会老老实实地站在花洒下接受搓泥儿前的“冲洗礼”。趁他稍不留意，我便消失在了缭绕的蒸气里，直到从某个方向传来一声恼火的喝叫，熟悉地勾起我对父亲那足具威慑力的神情与目光的想象。果不其然，父亲大眼一瞪，滋滋地向外喷射着火星，我这才肯乖乖站过去，举手、抬腿、伸胳膊……像机器人般按照他的指令做出动作。

只见父亲单手套上搓澡巾，另一只手握住我的手腕，向上抬起四十五度，他习惯先从胳膊开始，粗糙的搓澡巾被均匀的力度支配着来回搓擦。他的手太有力气了，来回两次我的小胳膊上就呈现出了一面层次分明的赤红，由腕上处浅起直至上臂鼓起的肌肉处渐逝，中间的肘窝部最深，除了红还有黑，打着卷的泥儿一条一条地粘在上面。除此之外，鲜明的热辣感在红色区域迅速蔓延，触到边界又反弹收缩，最终热辣聚变成疼痛，随即猛烈地向神经单元发起进攻。“啪”的一声，父亲十分配合地踩下淋浴踏板，热乎乎的清水淌过绯红与泥黑，泥卷被冲落了，留下绯红与疼痛，印到了皮肤里，颇显润泽许多，倒蛮像应季的富士苹果一般。

这么多年，父亲搓澡已经形成了一套完整且严格的流程。从胳膊开始，然后是脖子、脸、肚子、后背、腿，最后是脚和手，他的手艺精细又周到，哪怕脚趾缝他都会蹲下来用澡巾挨个蹭一遍，而我也总是会不耐烦地想要挣脱掉他的大手。不过都是徒劳，父亲连头都没有抬，只需严厉地呵斥一声：“别动！”然后继续握着我的脚放回他弯曲的膝盖上按部就班地搓完。

父亲的工友们总是打趣地来问我：“以后等你爹老了，你能给他这么搓吗？”我脱口而出：“能。”父亲一下就笑了：“能什么能，等老了还能指望上他们？”

一个“能”字还不简单？可一个“能”字真的简单吗？

小时候父亲不止一次地说过："等你长大了，就自己买张票去洗，我也不用再费这力了。"身体的长大好像就是眨眼之间，可父亲口中的长大却迟迟没有到来，凡是在家的日子，我从没有买过那张搓澡票，每次无一例外，父亲都要陪我同去。后来因为疫情，三年时间我很少回家，哪怕偶尔回去一次，也没再去过公共浴池，直到一切恢复如常。最近一次休假返程前，父亲提出要带我去洗个澡，好久没有被父亲搓过澡了，未承想他的手艺丝毫没有退步，不过我突然发现好像没有印象里那么疼了。搓到一半时父亲竟然拍了拍我，长舒口气，说道："唉……累了，歇会儿，歇会儿再搓。"他扭开淋浴独自冲了冲身上的汗珠。

"小伙儿，以后你能给你爹搓吗？"

我顿时一愣，乍以为是幻听，陌生的声音却是熟悉的问题，我疑惑着，想反问，但眼睛先于嘴巴行动了。尖锐的眼神柔和地洒落在一对赤裸父子的身上。看上去那位儿子比我父亲小个十来岁，那位父亲要比我父亲大个十来岁，那位父亲坐在一张塑料板凳上，我始终有些担心他颤颤巍巍地会摔倒下来，那位儿子站在旁边抬起老人的胳膊慢慢搓着，他的用力应该十分柔和，老人没有表现出任何疼痛的神色。

“像我们小时候哪有人管，打一巴掌满院跑，还有人给搓澡？”那位儿子讲得兴致勃勃。

我恍惚了，仿佛时间又快进了十年，父亲坐在那张板凳上，可他旁边站着的人会是我吗？我会如此仔细又耐心吗？我毫无底气，仿佛小时候对父亲工友们斩钉截铁说出的那个“能”，只是听谁讲过的一个故事，距离现实还很遥远。沉默掩盖着尴尬，不过我并不讨厌他的发问，因为他是有这个资格的。

三
风筝

老家的夏天热得树上的知了从早到晚叫个不止不休，凉也就是眨眼间绿心黄边的干叶子悠悠落下。瞅准了时节，公园门前的广场上开始陆续升起十几只竹骨布面的绿蜻蜓、红燕子、黑老鹰，每只的尾巴后面都系着一根长长的白细线，飘在天地间，藏于蓝白中，一头在飞，一头在跑。自小我便对这样的游戏满心羡慕，但我总是无法成为他们当中的一员，因为我缺少一只那样的风筝，也需要一个带我放风筝的人。

或许是被我缠磨得没有了办法，父亲从奶奶家老房子的仓库里翻出来只旧风筝，布面落满了灰尘，有的骨架已经折断。那个夜晚天很蓝，月很圆，皎白的月光好奇地贴在风筝上，我却压根儿没有看出它竟然是只风筝。不知父亲的一双大手到底对它做了什么，再见到它时，黑白相间的羽毛，红色的鹰嘴，好似栩栩如生的雄鹰状伏在地面上。我和它双目对视，我没动，它却像是在动，它似乎比我还要兴奋，或许还有一点紧张，那被画得略显呆笨的眼睛，倒不知是从哪里借来了光，把眼神搞得深邃了起来，它必定是在回想上一次飞翔的模样，可这究竟是哪个年头的事情，它也着实记不清了。

我家楼前有个山坡，对，就是父亲带我去灌煤气罐的那个土山坡。他左手提着风筝，右手牵着我向山坡上走去，不过这一回没有登顶的任务，而且天气爽朗，心情也非常不错。父亲把缠着线圈的木手柄交到我手里，擎举起跃跃欲试的老鹰背对着我远远走去。我也学着父亲的样子擎举起线圈，“跑！”他大喊一声，我撒腿便向前面跑去，“放线，放线……”可耳边的风却挡住了父亲呼喊的声音，直到跑累了我才想起回过头来寻找风筝翱翔的踪影，而风筝却不见了。难道它真的变成鹰飞走了？我惊诧的目光转而又去寻找父亲，他正弯腰拾起趴在地上的风筝，掸了掸上面的尘土。“你不能光顾着往前跑不回头啊，跑那么快什么用也不管。”

这回换成父亲擎着手柄在前面跑，我按照他的口令松手放风筝。父亲侧转着身一手握手柄一手捏线绳，放的速度和拽的力度完全都掌握在他的手中。那只在秋风中颤颤巍巍的风筝，真像只复活了的雄鹰，突然展翅一振，冲天而起，回到了属于它的天空。父亲将手柄交还给我，让我只管往前跑，由他在后面为我瞭望来往的车辆。我举着风筝跑着，时不时拉拉线绳，它好像对我的招呼情绪上有些逆反，借助风势反倒拽了拽我，向我表达那孩子般天真的抗议。我自然也是理解它的，飞翔对风筝来说就像自由对人类，剥夺与重获都是一次新生，或许上一次飞起来的时候，举着木柄奔跑的还是像我这般年纪的父亲，现在换成了他的儿子，倒不知风筝会不会一下子也恍惚了。

听，风声。不，那不是风的声音，风只是传话的信使。仔细听，那是风筝声泪俱下的倾诉："时光蹉跎，没想到与那些跛脚的桌子、合不上嘴的箱子、断了骨头的床板竟然相处了如此之久。那间阴暗狭小的仓库啊！我全部的青春都被你锁住，我视若生命的骄傲都被你毁掉，甚至那被风吹拂与托举的记忆都被你强行抹去。我早已痛下决心，做好准备，试问没有灵魂的躯壳，你又能奈何？无论如何也想象不到的是我竟然能够重新恢复飞的本能，感受云的爱抚与风的缠绵，拾起那支离破碎的一点点骄傲。我真想从你的门前飞过，向你炫耀，向你呼喊，向你宣告，这才是属于我的生活。"

忽然，手中的线绳又被用力地拽动了，这一定是它向我发来感激的邀请，于是我更加卖力地向前跑，第一次也是最令我难忘的一次，使我感受到奔跑竟然如此快乐。在黄色的土山坡上，避开两侧枯黄丛生的杂草，手里的黄色木手柄呼噜噜响个不停，欢快的声音从风的空隙挤进了我的耳朵里，还有穿着黄色夹克衫的父亲，始终与我保持着不远不近的距离。在小学的语文课本里，秋天是收获的季节，是沉甸甸的季节，是五颜六色的季节；可在城市里秋天只是黄色、绿黄、金黄与枯黄，不过那被融入颜色里的快乐却并不逊色。尽管那只风筝后来再没有飞起来过，但对于秋天我又多了一种记忆，记住了父亲一番灵巧独到的手艺。

四

烤地瓜

人间除了四季还有五味，酸甜苦辣咸我最喜欢甜，这是个普适友好的味道，兼具治愈心情的功用。如果把季节和味道组合起来，又会产生一个有趣的问题，例如：哪个季节是最甜的？

我心里的答案是冬季。

因为小时候每到冬天街头上就会冒出两种叫卖声，一是卖糖梨膏的也就是冰糖葫芦，另一个就是卖烤地瓜的。卖糖梨膏的也有普通和高级之分，普通的就是用自行车驮着插满糖梨膏的稻草把子沿街叫卖，高级的则是在自行车后座上固定个木框玻璃箱，尽管玻璃箱里的糖梨膏看上去要干净许多，但在那个对卫生还不十分讲究的年代，我总会因它的价格高出五毛钱而毫不犹豫地跑向那个稻草把子。

不过烤地瓜就没有高低之分了，小贩们都是守在一个红色的大炉子前，炉顶上伸出来只黑乎乎、又短又粗的L型烟囱。打开炉门的瞬间，甜香的热气便扑面而来，被烤得像纸片般干薄的地瓜皮上挂着一道道金色的糖浆，尤其是黑色糊疤处，在糖浆的浸润下反射出油亮亮的光泽。上秤一称，只等顾客爽快地应一声："就它了！"小贩便赶忙抽出张不知是哪天的旧报纸，严严实实地包裹起来装进塑料袋里。在我印象中糖梨膏算是属于小零食的范畴，但烤地瓜不是，我从没有自己跑到大铁炉前去挑一块中意的地瓜，因为烤地瓜的价格很贵，这是本质的界线。

有一年冬天很冷很冷，家里添置了一台长方形小电炉放在客厅里取暖。白天电炉是不开的，只等到晚上我们才会穿着毛衣毛裤披着棉袄坐在小电炉前看电视。有天晚上，趁广告间隙的工夫，父亲突然起身去走廊里拿进来两个生地瓜，他用冰凉的自来水把地瓜洗净，仔细擦干后放到了电炉子上。

“烤地瓜？”我惊讶地看着父亲。

“这炉子能烤地瓜吗？”母亲也很惊讶。

“瓦数是不高，烤烤试试，看能烤成个什么样子。”这样的实验令我兴奋极了，我赶忙把小板凳搬到紧靠电火炉的位置，却被母亲一把拽住往后拖了半米远。电火炉很快就展现出了它的实力，似火般的灼热化开了地瓜被冰冻的僵硬，它那像农村娃娃脸蛋般紧实、皴红的外皮开始渐渐松懈、渐渐枯深。父亲拿着筷子夹起来翻了个面，待差不多时，用一根筷子在其表面最圆鼓处慢慢插进去，拔出来时筷子上便黏上了圈松软的地瓜瓤，我抓起来直接把筷子头含进了嘴里：“喔，烫，真烫！”我大张着嘴巴，边向外吐气边转动筷子，舌头仍然勇敢地舔舐着筷子头，然后我高兴地叫道：“甜，真甜！”

赶巧，电视屏幕上正播着古人席地而坐的镜头，面前一人一案摆满酒食，我低头看看眼前的电火炉和炉子上的烤地瓜，索性把小板凳一挪，直接将坐垫铺在地上，也学着电视里人物的模样盘腿坐了上去。母亲赶紧将我拉起，又去找了两只大垫子垫在我的屁股底下。这个工夫，父亲已经夹起了一个小的，从中间掰成两半，热乎乎、甜兮兮的香气腾腾地直往鼻子里钻。炉子的热、暖气的热，此时都抵不过在手心里来回倒腾的一块烤地瓜。虽然没有街边大铁炉子里烤出来的那种黑痂干糊、糖浆流溢，但香甜可口还是毫不逊色的。

这便是我记忆中最深刻又最留恋的另一个夜晚。那段日子里，每天都盯着时钟盼父亲早早下班回家，我们仨披上棉袄围坐在炉子边，我和母亲吃着烤地瓜，父亲喝着茶水，我们仨一起看着电视。夜深后温度更低了，可我并不感觉到冷，从外向里被温暖的气氛所包裹，从里向外被甜蜜的暖流所充溢，这不仅仅只是一块烤地瓜。

第九章 爱也会有分歧

在那一天之前，我和父亲从没有过原则性的分歧，或许也是因为前二十年的人生路都是单行道，省去了选择的矛盾，而当选择真正到来之时，分歧也不可避免地随之而来。既是意料之中又出乎意料之外，未曾料想被它撕裂开的那道伤口会如此深刻，哪怕时间已经让表面结了层厚实的痂，也难免有一些不如意会轻而易举将其再度撕开，并将矛盾的焦点引向那道伤疤。

大学毕业前的最后一个秋天，比手掌还大的梧桐叶像往年一样铺满了校园里长长的林荫路，瑟瑟秋风令早出晚归的人都自觉披上了件长袖的外套。早在刚刚入秋之时，我就已经准备好了长衣长裤，一套崭新的黑西装、白衬衣与蓝领带，还有双亮面黑皮鞋。我人生的第一套西装，来自市里一家最大的批发市场，西装、衬衫加领带的价格一共也只有二百刚出头。皮鞋是单独买的，我和店主好一番讨价还价，模仿着从小母亲带我去商场讲价的套路，摇摇头离开，又故意放慢脚步，每一步都将买与卖的博弈推向对峙的高潮，只等待身后传来店主那经典的、故显无奈与心疼的招呼声："回来吧，回来吧。"当然也不乏有的店主以倔强的沉默或几句难听的抱怨捍卫了博弈的主动权。那双皮鞋要价一百五，最终以三十五元的价格成交。

我把这套装扮放在宿舍衣柜的最里面，俗称的"压箱底"或许就是这个含义。"化装登台"的那天，一个小演员用稚嫩的肩膀撑起精心打扮的成熟，一摞简历织就的明星梦开始在心里攀升，等待朝阳的洗礼。天是蓝的，云是白的，图书馆的大楼是红的，剩下就是严严实实黑压压一片。不，我还是透过当中一丝缝隙看到了点新鲜的颜色。天哪！那颜色的归属令我吃惊极了，不过他们还没有发现我，一切都还来得及，只要我不主动出现，他们想要在这样的群体里找到我也的确不是件容易事。算了，我主动出列了，给他们打去电话，向他们招手示意，最后跑到他们面前。

招聘企业来了很多，绝大多数同学的目标都很一致——回家。我的目标企业面试地点在图书馆负一层多媒体报告厅，入口处已经被抽拉式的隔离带围了起来，两名学生会干部守在门口维持秩序。直到报告厅里有人走出来大声宣读了简历审核通过的学生名单，被点到名字的人才可以进入围栏内，而我的名字幸运地出现在了第一批名单中。

那不是一道普通的围栏啊！那分明是命运之神的化身，打量着从它面前通过的每一个人，并用高贵的金手指在合乎它心意的学生脑门儿上轻点一下。我仿佛感觉自己的脑门儿也被命运之神垂爱了，于是我抖擞着光芒四射的荣耀，向围栏外拥挤的人群望去，与某位姑娘的眼神不期而遇，这令我现在也记忆犹新。

姑娘的眼睛里闪烁着明晃晃的泪花，湿漉漉的眼神顿失欲望的锋芒，披了无奈与祈祷的重甲，无意停留，毫不犹豫奔向她心中至高无上的目的地，痴痴地向命运之神敬献自己全部的虔诚。我惊叹一道围栏怎会有如此强大的魔力？可我又何尝不是在这股魔力的掌控下如履薄冰呢？

突然，报告厅的门开了，我们按照名单上的顺序从报告厅前门鱼贯而入，从后门陆续而出，然后原地等候面试的结果。

“陶小虎，把你的简历还给你，别耽误你去其他公司面试。”

“我？是我吗？他是在叫我的名字吗？”我对别人叫我的名字一向很是敏感，唯独这次我却恍惚了，我的脑袋没有反应过来，也或许是本能地拒绝，直到那只讨厌的手将我的简历高高举起，并再一次吆喝起了我的名字。我想要伸手捂住自己的耳朵，但那叫声似乎就是从我的耳朵里传出来的。早晨才刚刚生出的明星梦，不过短短一个上午就破碎了，还是被人用锤子狠狠砸碎的，连带那厚厚一摞的简历、证书、成绩单，全都纷纷扬扬飘洒在空中，我仰起头，目光一片呆滞。

“别叫了！别叫了！”我心里像发了疯似的。“可为什么？为什么会是我？那根金手指终究没有在我的脑门儿上轻点一下，是命运之神伸了个懒腰，没有看见我的经过？还是因为我没有像那个姑娘一样敬献自己的虔诚？天哪！谁能听见我的疾呼呐喊？谁能告诉我该去向谁讨要个答案？”

我抓过被擎举在半空的简历，不顾一切地向外面涌动的黑色人潮中奋勇冲去。终于空荡了，明亮了，只剩下门外耐心等候的父亲与母亲，而面对他们，比刚刚被退回简历时听人吆喝自己的名字还要可怕，还要揪心，还要不知所措。

母亲忧愁得没有一点主意，看看我又看看父亲，父亲面无表情，思考片刻，建议我去应聘外地的公司。

母亲看看父亲又看看我，欲言又止，她并非故意，我是理解她的，如果我遵从父亲的建议，那便无需多言，无论是否符合她的心意，但如果我们意见相左，那母亲也不知该说什么，劝我？还是劝父亲？不应该为难母亲去尝试解这样困难的选择题。

“去试试，行不行的再说。”

“不！”我脱口而出，那记忆中少有的果断，令我自己都甚为吃惊。

父亲逻辑清晰，言辞犀利，向我发起了强大的语言攻势，对我赌气似的不切实际给予了压倒性的驳斥，最后将一个没有选择的选择硬生生地抛向了我。

在随后半个小时里发生的事，完全改变了我人生的走向，好与不好无法论证，但方向的的确确是变了，在三方合同封面上甲方一栏落笔的一刻，家就成了我心底永远的思念，这一笔也让父亲和母亲久悬不安的心终于安定了下来，我们三个人中这才有人察觉到肚子在咕噜咕噜地叫唤。学校对面的马路边有家做家常菜的小饭馆，味道还不错，价格介于食堂和普通饭店之间，对于解决嘴馋又没钱的问题，他们家算是个蛮好的去处。那晚父亲点了一桌子菜，其实也都是给我点的，不能由着我的心意总要可着我的嘴巴，只是缺了酒，要不也算得上是顿丰盛的晚餐了。

记忆里可口的味道却突然变得没滋没味，如果不是厨师忘记了放作料，就一定是我的舌头出现了问题，当然答案毋庸置疑。父亲一直讲我要去的地方有多么多么好，气候、环境、人文、经济，等等，好像他就是从那里来的。而事实上父亲也只是在四十年前，跟随他的父亲和母亲去过当地的某座小县城，甚至更精确的定位是小县城火车站附近的一家小饭馆。他和我爷爷吃了饭喝了酒，就在火车站里待了一晚，等第二天我奶奶省完亲，便又一块儿坐火车回来了。父亲甚至已经开始联想他退休后的跨省之旅，接着走走他年轻时去过但没有深入走过的地方，可对于我来说，耳朵越是惬意心里便越是愤怒。

“啪”的一声，筷子被我重重摔在了桌子上。父亲的话停了，母亲的手也停了，周围谈笑风生觥筹交错的热烈立刻包围住了我们突然的安静。唯独那个响声，似鼓槌儿砸在鼓面上，引得余音不绝，又独立于热闹与安静之外，是被热闹围困的安静中发生的唯一冲击，震得我也心头一惊。

“你想去，我不想去！”胸口那团憋闷了整整一下午的气终于被吐了出来，我感觉自己这才算是缓过点劲儿来，可入局容易破局难，眼前这格格不入的安静该如何打破？这令人揪心的紧张又该如何化解？所有的希望都寄托在母亲身上了，也只有母亲不会辜负这种无声的希望。

“不说了，不说了，快吃饭吧，都饿一天了。”母亲边说边悄悄拽拽父亲的衣袖。

“好啊，不说了，吃饭吧。”

我接过母亲递来的筷子，手突然一抖，发现它竟还真是蛮有几分分量。我本以为这个不愉快的小插曲就此结束了，却怎么也没想到这竟然只是前奏，令我震惊、慌乱、揪心与自责的曲段还未开场。

沉闷的晚饭草草结束，父亲最先走出饭馆，我紧跟其后，留下母亲在里面打包和结账。

父亲站在门口习惯性地掏出一支香烟点上，吸着，吐着。我不知哪根神经搭错了地方，突然冒出来一句："这回你满意了？"直到现在我也无法理解自己当时的逻辑，但有一点是可以肯定的，那的确是没有经过大脑的质问，如果有，我是万万不能原谅自己的。

他叼在嘴里的香烟不吸也不吐，任由火圈在前端一点点灼烧、一点点推进，冒着单薄的烟缕。如果父亲是座堤坝，那么晚饭时这座堤坝的承压就已经达到了临界点，而刚刚的质问就是冲垮堤坝的最后一滴水珠。随着半截烟灰的折断，父亲哽咽着、抽泣着，他的嘴角不受控制地咧开、扭曲，泪水从他的眼眶中摔落而下，他的牙齿还在狠狠咬着烟嘴，这是他唯一力量的迸发，这是他心中最后尊严的坚守。他，我的父亲，第一次正式向我承认了自己的无能为力，他在激烈地抨击自己，更是在委婉地向我表达歉意。

我被吓得呆住了，仿佛滔天巨浪席卷而来，将父亲的堤坝在这一瞬间淹没。我所耿耿于怀的生硬与强势都在水中坍塌，只剩下被浪潮覆盖住的稀里哗啦声，一片看不见的废墟，一片看不尽的汪洋。我震惊，我慌乱，我的思维停滞不前，我的手脚僵住了，我的感情凝固了，我是多么的任性又混蛋，我是多么的无情又残忍，万幸这一切都在母亲推门而出的一刹那结束了。父亲迅速抬手在脸上抹了一把，随后转过脸，将所有痕迹全部丢进了默不作声的漆黑夜幕之中。

将他们送上回家的火车，我也坐上有轨电车返回了学校。独自走在幽静的小路上，孤独的轻松又重返我的世界，就是“任世界如何喧嚣，我心静如止水”的那般轻松，而此前我总以为这是夸大的修辞，但此时不得不感叹这话讲得真切，甚至还不够，那一晚内心的宁静，大概是我二十几年人生中从未有过的。我所有的感官功能仿佛不约而同地与我一同静默了，看不见周围的热闹，听不到风的嬉笑，讲不出心中的忌惮，对，是忌惮，一切都出自它，自由的牢笼，认知的枷锁。看，束缚的游戏要开场了。

“我将要到哪里去？那会是一座怎样的城市？还是小镇或者村庄？我要去哪里租一间房子？如果自己单租一间，价格会不会太过昂贵？这样就不得不放弃对房子位置的选择，可人烟稀少、交通不便的地方我又是否能够接受呢？如果合租一间，我的室友是不是一个和善、友好、积极、健康的人？还有我的一日三餐该如何解决？早餐尚且容易对付，午餐单位应该有食堂可以解决，那么晚餐呢？我是不是还需学习一点厨艺？例如，蒸米饭、炒鸡蛋、拌黄瓜，最起码简单一点的要会……”思维陷入循环的怪圈，烦琐衍生出忧虑与忌惮，理智忍不住站出来告诉我应当羞愧，因为思虑至此竟还没有提及一点正事。

不过也好，最起码学会了分辨梦想与现实。好了，让我再想想除了羞愧还有什么？还有我刻意回避的羞耻，被命运之神所抛弃，它没有给我任何启示告诉我优秀的样子。如果优秀的标准在人，那我一定会仔细打量，产生超越优秀的自觉，去考究，去对照，必要时不妨动一点拿来主义的念头，最后也争得那命运之神的金手一指，可我终究还是一塌糊涂。还有吗？我的忌惮还有其他什么隐秘的源头吗？总觉得少了点什么，仿佛就在眼前，就在嗓子眼儿里，是父亲关于无能为力的悲伤自责吗？我是否可以将其认定为内心全部忌惮的总源头？

“你可以的，如果你认为厚颜无耻只是件无伤大雅的小事。”一个憎恶的声音在我心里响起。

如果没有之后的一通电话，不知我将何时结束这样的宁静，如果没有之后的一通电话，没准已经转身的命运只是在原地转了个圈，而并不会有实质性的迈步。

“恭喜啊，应聘成功。”电话是比我小一年级的学妹打来的，我们俩因为在学院团委共事而认识。

我想立刻挂断电话，但出于礼貌我仍然面无表情地表达了谢意。

“你是不是少了点什么东西啊？”

“啊？”脑袋里一片空白。

“你的简历和三方合同呢？”我左手下意识地做了下抓握的动作，低头瞅瞅，随即迅速开始回忆它们最后出现的地方……

“是不是签到工作太高兴了？走的时候都忘记拿你的简历和三方协议了。”

“啊……我马上过去。”

我立刻向下午面试的教室跑去，整面教学楼的窗户唯有一扇灯光明亮，静候着我在怨愤与抗拒中发觉自己的无法割舍。

“真巧，有人发现了它们；真巧，发现它们的人刚好认识我；真巧，她是个热心善良的人……”我从她手里接过厚厚一摞纸，沉沉的，只有几行字是用签字笔手写上去的，却写出了许多许多东西，最重要的是，它证明了一切都是自己的选择。

第十章 日记

读小学时经常写日记，并非出于爱好，起初是班主任布置的作业要求，后来是真的喜欢上了写日记，二者之间的转折点在于一本黑色皮面笔记本，班级里每个人都发了一本，作为日记本使用。

那是我拥有的第一个高档笔记本，皮质的表面摸上去滑溜溜的，右上角印着一支白色羽毛笔的图案，羽毛昂挺的姿态展现出一股自信与骄傲。我简直太喜欢它了，以至于就是这么一个本子竟然改变了我对写日记的态度。然而生活不会总是热情洋溢地向你每日供应可写的素材，所以有时也不得不求助于记忆做搬运腾挪。我的日记本里有一篇题为《上海》的日记，但此上海非彼上海，“上”字在这里用作动词，意为“去”，这两个字背后收纳了我童年时期最为向往的快乐，只不过这向往在当时也来自记忆的腾挪。

上海去玩对于我们家来说算是整个夏天的一件大事了。老家的县城靠海，从城里到海边差不多有五十多公里远，尽管每次都是早去晚回，可在我印象里那就是一场隆重的旅行，在我心里五十公里外的大海就是那值得向往的远方。不过，这样的旅行并不是每年都有，也只是在我读小学的时候去得频些，大概两三年去一次，拢共去的次数一只手也数得过来。

记得那篇日记全部内容大概三百来个字，好像写了清晨灰蒙蒙的天气，写了赶海抓到只拇指大的花盖蟹，写了套着游泳圈也被呛了几大口海水，却唯独没有提及上海去玩的前一个夜晚。当然，这看似的确与题目关系不大，若多费笔墨则免不了跑题之嫌，可这一篇我倒想来专门讲一讲出发前的那个夜晚。

临睡前，母亲早早就找出大大小小五六个空包，有在柜子里搁了几年的旧书包，也有母亲用做衣服剩的花布料自己缝的手提包，把它们放到床上一字摆开，形态、颜色的搭配与组合无意中也创造了几分艺术之感。不过当时我可是顾不上细看的，满心都是被兴奋鼓噪得东钻西窜的期待。母亲在餐桌、衣柜与床之间重复着稳定的三角形路线，按部就班地往包里装进衣服、用品，还有超市里买的面包、沙拉酱、火腿肠……这样的时候父亲总是插不上手的，他聪明地躲到了阳台去，一杯茶一支烟，安静地坐在阳台窗前，望着外面浓重的黑夜，也不时会转过头来望向屋里，目光跟着母亲来来去去的身影，有那么一两次父亲忍不住开口了，对母亲的工作给出他的评价和意见。当然，结果可想而知，母亲丝毫没有理会父亲，冲他不悦地甩出一句："不干活儿就别瞎指挥。"这句话分量还是够的，屋子里顿时又重归于安静。

阳台暗黄的灯光像夕阳的余晖洒落而下，床边渐渐鼓起的行李包像一座座小山包，高高矮矮，连绵起伏；客厅墙角处的电锅里正咕噜咕噜地炖着牛肉，那沸腾的声音好似由山林中的溪流所发出。不知时光如何交错，自己竟忽然掉入了这"夕阳"笼罩的美景之中，我却毫不感到意外，起身就往山包上跑去，寻着流水的声音跑去，一鼓作气跑上山顶，溪流从山顶顺势奔流而下，在岩石处溅起洁白的浪花，流向大地与大海的交界，流向那一片粼粼的金光。"大海！大海！大海！"我高声呼喊，释放出心中的澎湃激情，这定是由于幻境的魔力，倘若真的面朝大海，我绝不会如此呼喊。嗓子累了，眼皮也累了，抵挡不住的困意将我带入了梦乡。

母亲后来也睡了，只有父亲仍然坐在窗前，等着锅里的肉炖好，一块块地切成片再装进他平日用的铝饭盒里。夜由深而浅，好似也就一眨眼的工夫，母亲拍拍我搭在背包上的腿，轻轻将我叫醒。我迷迷糊糊之中听到她与父亲在说："你都做好了？"

"怎么样？哥这水平还行吧？"

"太行了！"

半睡半醒之间，又听母亲催促道："赶紧起床，再磨蹭会儿天就亮了，赶不上海了。"

一听到"海"，一股精神立刻涌出，瞬间赶走了拉拉扯扯的困意。父亲还是站在阳台前，将三只铝饭盒摞起来装进包里，里面除了牛肉还有他现炸的菜丸子和花生米，许是那馋人的味道飘进了梦里，才使得我和母亲睡得如此香沉。

海，一直伴随在我自小长大的生活里。后来我离开了家，但海与我的距离反倒更近了，从一座城市到另一座城市，从一本日记到另一本日记里。

离家去往的城市与老家的城市之间距离很近，只是这距离的计量单位不能用“公里”而要用“海里”。从那一天起，自由与快乐便随着那本皮面已经破烂的日记本，被彻底遗忘在了不知哪个犄角旮旯里。海潮翻涌的波涛，卷起的是我对家时时刻刻的思念，离家后的第一个中秋，我毫不犹豫买了张回家的船票。

之前记忆中的船，还是父亲折的小纸船。他会折两种船，一种是敞顶的，一种是带篷的，他不仅会折纸船，而且纸船在他的手里竟还能被变成个小魔术。

父亲折纸船常是从用过的本子上随意扯下一页来，这样有一个好处，那就是如果凑了巧，不知哪个字符、哪道笔画就会成为纸船身上别致的装饰。纸在父亲的手中对折、回折和翻折，表现得乖巧又温顺，它似乎对自己即将被塑造成的模样也有些期待。最后，薄薄的纸片被折成了两边合中间开的长条，父亲用拇指按住两头再把食指伸进中间的空隙，还没等我看清楚，他的手指一翻，小纸船就出现在了我的面前。当然，我是不会就这样轻易满足的，闹腾着非要父亲再折一遍，我想看看清楚小船到底是怎么翻出来的。

原本仰靠在床头的父亲这下盘腿坐了起来，兴致勃勃地把小船放在手掌上递到我眼前，脸上露出一丝神秘的微笑。他把小船又拆成之前的长条状，不过比刚才多折了两步，再一翻开，小船的两头竟多出了两个斗篷，我顿时就从床上站了起来，满脸惊讶地打量着他掌心里的纸船。突然父亲手掌一缩，将小船再次拆开，再折回来时左边的船篷又不见了。

“怎么弄的？怎么弄的？”我使劲摇着父亲的胳膊，这会儿他的嘴角已经咧开了，神秘变成了得意，我刚准备伸手去拿，他再次把手缩了回去，这一次左边的船篷回来了，右边的船篷却不见了。我在床上兴奋得直跳脚，一只普通的小纸船，因父亲而成了一场有趣的魔术表演。

瞅瞅掌心里巴掌大小的船票，纸船变成了真船，小船变成了大船。站在船头的甲板上看海，与站在岸上看海的感受是完全不同的。对宽广与美丽的初级感知，仅存在于轮船驶离港口的短暂时间里，当城市化为弧线最终消失于视野之中，宽广就变成了没有尽头的期盼，美丽也变成了单一的枯燥。海浪的涌动如巨人行走时发出的震颤，在它心情好时，永远是那慢条斯理的小步子，伴随着你的整个旅程。

如果你依然不肯离开甲板，不舍那新鲜活跃的海风，那么很快你就会察觉到海面的深沉在悄悄化开，为海底泛上的深邃敞开一个隐蔽的洞口。想起日记《上海》的素材原型，我套着游泳圈被父亲从岸边推着往里走，大概十五六步远，水刚没到父亲腰间他就停了下来。我漂浮在水上两脚乱蹬，一顿用力仍然在原处打转。小孩子的耐心最经不起考验，游不动干脆不游了，我便想坐进游泳圈里，于是双手按住两侧像翻单杠一样，从水中抽出身体腾空而起，只听“扑通”一声，倒头便栽进了海里。

极动的冲击之后是极静的考验，水下的世界如此安静，我与溅起的水花一同下落，水花悠然自若，就像我小时候玩蹦蹦床一样，而我却惊慌失措，手脚乱舞。我睁着眼睛，那是恐惧唯一的出路，因为耳朵与鼻孔已经被堵住，嗓子眼儿也有失守的危险，现在想想当时做的是对的，我必须保证一条顺畅的通道，否则自己必将被恐惧拖沉到海底。

“唰……”好像有一点声音了，随即眼前的一小片混浊被照亮，那吐进水中还未来得及扩散的恐惧被搅乱了阵脚。是父亲粗壮的手臂，带着冲破一切的气势，将我从水下捞起。一浮出水面，耳鼻中的水便自觉流了出来，恐惧也随之消散。

站在甲板上看海，深层的感知总是委婉的，就像深沉出现在美好之后，深邃又躲藏在深沉之下。接下来，深邃之后呢？以我的感知，那就是恐惧了。正如在《因爱之变》那一章中我所说过的："恐惧是情绪的'底绪'。"于是，委婉至此落幕。不过，看不见深邃自然也感觉不到恐惧，还是因其委婉，自然也不会有父亲及时伸来的手臂，只能任由深邃将自己从隐蔽的洞口吸入，万般皆由自己周旋。

忽而，一滴雨珠从天而降滴落在了我的脑门儿上，它令我成为整个甲板上最先察觉到要下雨的人。我恍然发现自己竟在甲板上站了许久时间，随即转身返回船舱，却无意间抬头一瞥，刚好看见天边太阳钻进了云朵里，云海之间金灿灿的光柱犹如五根巨大的金手指直插海中。我驻足片刻，拿出手机在微信朋友圈写下了这样一段文字：

太阳从云榻上苏醒，

海浪在灼灼地涌动，

船儿在摇晃中前行，

雨滴掉落在绿漆皮的甲板上；

阳光如玉女纤细的手指般斜插入海浪，
让海水涤荡过她手指柔软的皮肤，
安定了一个孩子常常调皮躁动的情绪，
让海水吸吮尽她手指和暖的温度，
安慰了一个孩子向来不知疲累的精神，
让海水披上她手指洒落的金光，
满足了一个孩子对奖励与炫耀无可厚非的渴望；
然后远远望去，
远边的海似乎平静了，
像一个孩子依偎在母亲宽大温暖的掌心里，
得意扬扬地酣睡了。

啪嗒，
又一滴雨珠从空中掉下，
落在晃晃荡荡的甲板上，
融进铁皮上一片薄薄的水层中；
太阳走出云层的兜裹，
令玉女纤细的手指消失了，
她曾给予孩子柔软的安抚融化了，
她曾奉献给孩子特别的温暖冰冷了，

她曾奖励给孩子金色的披风飘走了，

而她终于娇羞地露出了红润饱满的脸庞，

用她最后的亲吻，

向一直在她手心里翻腾的孩子道别。

索性就将它当作一篇简短的日记吧，收录进手中这时髦的日记本里。

第十一章 给父亲设计个『好』角色

之前读《我与地坛》里有一章《好运设计》，令我印象颇深。其实书中所述的设计每个人都有过，或睡梦里，或怔神中，醒来若还能想起则微微一笑，没人当真，更不会有人将它作为一个题目来正式研究。不可否认，我也曾在心里有意无意冒出过这样的念头，给父亲设计个“好”角色，以此来成就如我所愿的人生。

那么不妨讲讲我对父亲的角色设计，就从他经常挂在嘴边的那个五百万大奖开始吧。

某天傍晚去上班的路上，父亲像往常一样走进彩票站买了张彩票，号码是他提前在家里用茶叶盒摇小纸球摇出来的。彩票就放在他上衣口袋里，五百万不过是嘴边的玩笑，但中个三五十块顶上几天的烟钱，也是蛮值得期待的。尽管这样的期待时常落空，可偶尔的幸运给生活增添的小乐趣，总也值得一张彩票两元钱的价格。

“你现在用手机再查一下今晚彩票的开奖号码。”父亲深夜打来电话。

“02，05，19……”

“中……中……中奖了，中奖了！”

我还没有察觉出父亲声音的变化。

“中多少？五块，还是十块？”

“全中了，应该是一……一等奖吧。”

天亮后父亲下班，彩票换成了支票，支票又兑换成几个皮箱子的现金，于是父母立刻开始考察各家银行的定期存款利率，经过几番洽谈，他们最终选定了一家银行。保安在后面护卫，经理在前面引路，他们第一次走进银行的高级 VIP 包间，业务员随即端来一碟糖果和两杯热茶，水的热气带出茶叶的清香，瞬间弥漫了整个包间。他们紧张不安，生怕出现什么意外，直到工作人员恭敬地递来一张巴掌大的存单。他们仔细核对了上面的文字和数字，尤其是数字中的零，来来回回数了两遍，这才小心翼翼地放进包里。

父亲之前说的买一套新房子、买一辆房车、去世界各地旅游……这回又统统都加上了一个前提——等我上大学之后，而唯一即时兑现的就是置办了桌丰盛的菜肴。饭桌上他们叮嘱再三，中奖的事和谁都不要说，无论是多么要好的朋友。尽管我努力在心里把守着秘密，但身上发生的变化却是藏不住的，例如，我提前十几年穿上了第一双正牌耐克运动鞋。

早晨母亲送我上学，我特意挽起一寸裤腿，让黑色的对勾充分展露在阳光下，课堂上我时不时就要伸出脚歪着脑袋看看鞋帮上的对勾，它看上去流畅又舒展。崭新的鞋面上任何一点污迹都逃不过我的眼睛，我伸出舌头，偷偷用手指蘸蘸舌尖上的唾液，俯下身子在那对勾底边来回磨蹭。忽然，一个棱角分明的粉笔头精准砸中了我，一顿严厉的批评之后，斥令我将裤腿挽下来，我的手服从了老师的命令，心里却丝毫没有在意。

就在这个学期还没有结束之前，我已经成了年级里有名的“人物”。每每课间或放学后，身边都会围上一圈的人，孩子头的威风把课本吹得远远的，母亲第一次缺席了我的家长会，因为不久前父亲租下了两间门面房，一间做饭馆，一间做旅店。现在，他们正忙着筹备开业，这是他们第一次做生意，虽然有赔的底气，但他们仍然投入了全部的精力，功夫不负有心人，他们因此赚得了人生的第一桶金，小饭馆和小旅店转而变成了大酒店。

从此以后，母亲再没有检查过我的作业，包括辅导功课与陪我去上课外班，不过这些都不重要了，因为他们已经计划将我送往国外。就这样我又跑到国外度过了几年浪漫的时光，那些被誉为见证了欧洲历史的建筑、风景我都看了个遍，然后带上两本印着我并不十分熟知的文字的证书回了国。海归背景、子承父业，顶着光彩夺目的头衔，过着随心所欲的生活，我梦寐以求的滋润和惬意，是上一辈子的梦在这一世的重温。直到有一天，父亲宣布正式退休，我坐在了他的位子上，每场会议我的标配台词就是“嗯……对……好”，同时装模作样地点点头而不敢摇头，因为摇头之后我又不知该说些什么了，所以员工背地里给我起了个外号叫“点头老板”。

然而好景不长，所有的优越都在之后那场突如其来的经济风暴中，顷刻间化为了乌有。我仿佛赤身裸体的婴儿，讥讽与嘲笑时时在我耳畔嗡响，吵得我无法入睡，精神恍惚，苍老的父亲与母亲因为我深陷困窘，无颜面对还在其次，最重要的问题是忍饥挨饿的我又该如何赡养他们？我不禁感慨，这人生怎会如此残酷？我怎么能够承受得住如此的挫败？我又该如何逃出这场糟糕透顶的重生？唯一的破解恐怕就是真正地结束，于是我登高而望纵身一跃，至于后来如何便不再可知了。

这难道就是我所期望的“好”父亲吗？显然不是，那么就再调整一下角色的设计，他不必太过富有，只要足以支持我去到我想去的城市生活就够了，这一点要求想来并不算过分吧？或许也不妨让父亲再得到点小小的权力，看看我的生活又会因此发生怎样的变化吧。

打小自我有记忆起，父亲就很忙，除了几个重要的节日，一年当中也见不到他几次。我经常问母亲为什么父亲总不回家，每次都是一句简单的父亲工作忙就遮掩过去了，但具体忙什么她也回答不出个所以然来。他们对我最大的关注就是成绩，送我进了本地最好的小学、中学，还给我请了家教，一门课一个老师，据母亲说价钱都是按小时计算的，从此我上的辅导班里再也没有了同学。

除了辅导课还有兴趣课，他们十分重视对我兴趣的培养，在与父亲相处的那一点点时间里，他常常查问我的功课，或让我展示一下兴趣培养的成果，我自然十分卖力，希望以此博得父亲的满意与欣喜，可往往是父亲的脸上刚刚浮露出点笑意，一通电话便轻而易举令他的神情又重回严肃。乌云笼罩住了餐桌，任灯光如何明亮也无法穿透，我对父亲的电话铃响充满了厌恶，一度甚至是憎恶。

不知就这样沉闷地吃过多少顿晚饭之后，他们的培养在我身上开始初现成效。我以优异的高考成绩考入了一所久负盛名的重点大学，父亲接过我递到他面前的录取通知书时表情异常平静，我以为这是黎明前的寂静，没想到父亲只瞥了一眼便搁在了旁边。他拉开抽屉取出本装订整齐的资料，告诉我试试去申请国外的一所大学，那所大学里他看中的某个专业在全世界都跻身前列。但这并非我的愿望，除了学什么专业之外，还有个重要的原因就是一个我暗恋已久的女孩与我考到了同一座城市。可我并不敢说出口，最起码不敢以此为由拒绝父亲，事实上这不是一个什么理由的问题，而是胆量的问题。

我嘴上说着考虑考虑，心里却打起了拖延的小算盘，琢磨着只要拖到学校开学就万事大吉。可我还是低估了父亲的力量，他已经找人为我办理妥当各项申请手续，并且不容异议地将 Offer（录取通知书）交到了我的手里。他的表情介于严肃与微笑之间，我终究是没敢讲出有个女孩的存在，还有其他的什么理由，没等出口就破碎瓦解了。我想我应该为那个姑娘安排个善解人意的角色，就让她与我订下爱情考验的誓约吧，于是我深受鼓舞立志学有所成，当然在这一场人生中，我以过人的才智与勤勉顺利读上研究生并不是件难事，她也读了本校的研究生，我们依然保持着频繁的联系直到毕业。

女孩要留在读大学的城市工作，而我要回国找她并履行爱情的誓约。没承想父亲的大手再一次挡住了我人生十字路口的其他三个方向，不需要我投简历，不需要我去面试，他已经在我们当地的某家公司，为我安排好了个十分不错的职位。

哦，天哪！现实中我苦求不得的生活竟然如此简单就实现了，心中按捺不住的欢喜是不是已经全部跑到了脸上？不知此处用“时过境迁”这个词是否合适，可剧情就是这样，我低沉着头站在父亲宽长的书桌前，大脑已经开启紧急模式去拼凑婉拒的措辞。此时此刻心已经飞到了那座几年前我就应当去到的城市，已经飞到了我早该与她相伴的那个善解人意的女孩身边。这一次我必须鼓足勇气向父亲说不！我的沉默令在等待接受崇拜与感激的父亲有些意外，他打量起我的神情，我们相视片刻。

“你怎么了？有什么问题吗？”

“没……没有，只是……我不想接受您的安排。”

“什么？你有更好的去处？”

“暂时还没有。”

“那你为什么要拒绝？还是说因为是我给你的，所以你要拒绝，以此来彰显你的个性、独立或者自尊？”

“不，不是这样的。”

“那我就不明白了，为什么这一次你要拒绝？我很想知道这背后的原因究竟是什么？”

“我想去荣州。”

“荣州？你高考考的是不是就是荣州的大学？”

“荣州理工大学。”

“你为什么会对那里一直念念不忘？”

我犹豫了，再次陷入沉默。

“这么多年，你能对一个没有去过的城市依然向往，是什么对你产生了这么强大、持久的吸引力？”

“没，没有什么……特别的。”

“不可能，如果我没猜错，这种吸引力应该来自于人吧？是不是个姑娘？”

我一咬牙，索性承认了。

“是，她等了我好多年，所以我一定要去荣州工作。”

“这么说当初你高考报的学校也是和这个姑娘有关了？”

“是。”

“可高考后我让你出国，你为什么当时没有拒绝？”

“那时候……那时候……”

“那时候不敢？现在又敢了？你觉得自己现在有了研究生的文凭，有了留学的经历，能说一口流利的外语，所以心里有底气了？”

“不，是我研究过，我学的这个专业在荣州有很好的发展前景，当地有很多优质企业，并且他们缺少我这样的海外研究生，所以找工作肯定没问题。”

“我不知道你信息来源的渠道是什么，或许他们的确是缺少像你这样的海外研究生，但“像你”和“是你”这是两个概念。我也不否认你能够在荣州靠自己找到一份工作，但“找到工作”和“找个好工作”又是两个概念，你懂吗？在学校你可以管外面的地方叫世界，但出了学校外面就都被叫作社会。社会不是你在学校里学的1+1=2，有的是1+1>2，有的是1+1<2，你觉得你是大于2的那个1，可能你的确是，领导也知道你是，却并不用你去“+”。你要知道，如果不是在这个社会里你有我这么个父亲，可能很多你认为理所当然的都未必属于你。”

“可我不想一直接受你的安排，这会让我觉得自己是个木偶人。”

“你是我的儿子，我所有的一切都是你的，早晚都是，现在接受你觉得丢人，以后接受就不丢人了？”

“以后我也可以不要。”

“那我奋斗一辈子是为了什么呢？你以后的奋斗又是为了什么呢？我为了你，你为了你的后代，这就是传承，人生来如此，所以没什么丢人的。况且，先不说以后，没有以前我的安排，你现在能这么有底气地站在这里和我争辩吗？”

我无言以对，胜利的旗帜已经发生了倾斜，父亲渐渐高亢的语调，是为那即将出现的压倒性胜利奏响凯旋乐。

我爱的女孩终身未嫁，多年后她独自去了我曾经留学的国家，而我则娶了父亲为我选定的女孩，我们的生活都是一片孤寂，无数次想起她时我都深感内疚。

不久后，父亲被纪委带走调查，我入职的公司也因效益不好大批裁员，而且裁员名单上的第一个名字就是我……好了好了，就到这吧。尽管我努力朝好的方向设计着剧情的发展，但最后的结果还是事与愿违，或许是这两类“好”父亲和现实的父亲都差别过于悬殊了吧？俗话讲艺术源于生活更高于生活，可这个高度看来还是需要掌握分寸的，所以我决定要为父亲设计个更贴近现实的角色，再来看看会产生什么样的效果吧。

父亲经常以“大老粗”玩笑自居，那么下一场我们不妨就在这上面做些局部的修补吧。

初秋的学校里枝叶摇摇欲坠，它们在枝头上坚持着要看看今年即将入学的新生风采。我就站在新生队伍里，对这座学校而言我是新生，可这所学校对我来说却是再熟悉不过了，因为我的父亲就在这里教书，他是一位初中语文老师，他讲的语文课曾经被作为样板课在全市教育系统推广。

父亲成了我的语文老师，但我的语文成绩却位于全班倒数之列，每次他在班级里宣读考试成绩，都会在念到我的名字时突然眉头紧皱，然后语气格外低沉地念完最后几个名字。为了提高我的语文成绩，父亲也算是下足了功夫，每天晚上他会逐字逐句给我讲解课本里的文言文，直译、隐喻父亲都讲得生动又具体，如果他不是我的父亲，我一定会对他高超的水平发出由衷的赞叹。

父亲不仅把专业带回了家里，就连学校的生活模式也照搬了回来。于是我的寒暑假就变成了一张张枯燥乏味的大课表，我像是个学习机一样，父亲将课程表导入系统，我便开始不折不扣地执行计划，偶有程序乱码罢工时，也只会被短暂地关机后再重新启动。平时家里电视打开的时间都是以分钟为单位计时的，并且在这有限的时间里，父亲还不允许我看电视剧，以至于上大学之前，我的影视记忆好像就只有几部动画片和电影。

还算听话的我顺利考上了一所普通高中，最重要的是如果没有语文成绩的拉分，我本可以考上重点高中的，对于这一点父亲郁闷了好长时间。高中三年，假期时间格外少了，不过父亲仍然坚持对我语文的辅导，还有“大课表”式的寒暑假。尽管我无意让父亲难受，但历史总是惊人的相似，高考由于语文成绩再次拖了后腿，我只考上一所专科学校。

大学毕业后，好不容易找到了份房屋中介的工作，每天带着客户穿梭在我所负责的那片小区之间。鞋子已经磨坏了好几双，但行走仍是我最感幸福的状态，毕竟只有走起来才有开张的希望。我时常会对他们抱怨几句工作的劳累，首先是体力上的，其次是精神上的，父亲并没有顺着我的话题多说什么，他也无法给予我能够立刻改变现状的帮助或建议，或许从中考语文成绩出来的那刻起，他就应该意识到了些什么。况且，虽说教书育人也不乏体力劳动的成分，可对更深刻的、潜入肌肤、钻进筋骨的劳动之苦，父亲并没有太多亲身体会，而这其中还有一个体面与尊重的问题，对于这些父亲可以引经据典，却是不能现身说法的。

好了，以上三场对父亲不同角色的演绎就算圆满落幕了，哪一个是我理想的“好”父亲呢？哪一个又真正满足了我的要求呢？不知我的剧情设计是否有偏差，如果以是否精彩来作为评价标准的话，我不认为以上情节是好的，事实上此处精彩也并非我之目的，我只希望读到这里的人觉得以上情节还算合理就足够了。

如此一来答案便有了，他们都没有达到我所要求的“好”，那么现实中我的父亲又有什么不好的呢？父亲以其对“苦”“累”“痛”的亲身体验，来告诉我什么是人生百味，以其对缺少文化的亲身经历，笃定供我读上大学的信念。余下的路途父亲的确无能为力，但他真的没有发挥任何作用吗？宽阔的人生留白难道不是一种特殊的财富吗？

第十二章 老房子

家，父母与我，还有一个简陋的小房子。后来，我生活了二十年的“家”转眼之间就变成了“老家”，一字之差却产生了抹不去的距离感，哪怕时间让环境变得熟悉，让新遇也成了旧识，但回家的路却变得越来越远，越来越窄，像千万条马路在不停聚拢，汇合成百十条，到最后变成只有一条。还是在那个熟悉的路口处转弯，遇见一片热闹的广场，我的家就在那里，我家的老房子就在那里，我记忆开始的地方就在那里，搬进那个房子里的时候我刚刚四岁。

老家的房子是二十世纪九十年代父亲单位集资建房分配的，等轮到父亲时只剩下两套可选，一套位置稍偏点但楼层较好，另一套就是现在住的房子，虽然地理位置很好却是顶层，父亲选择了后者。二十年后，在我买房子时也遇到了类似的问题，位置还是舒适，我也做出了和父亲当年同样的选择。

当时为了凑齐三万块钱的集资款，父亲和母亲基本上把能借的人都借遍了，他们感受过比东北冬天的寒风还要凛冽的白眼，自然对钱的认识和理解就格外深刻。我们家的装修在当时也算是赶了个时髦，与装修风格无关，只是因为缺钱所以装修的区域只涵盖了厨房与卫生间，也就是所谓的“半装修”，这个术语好像只存在了几年就再也没有听说过了。

我不喜欢这个“半”字，不完整总会让人感到遗憾。于是上学以后，我凭借“知识的力量”，把另外的一半给“填补”上了。客厅与卧室的墙面是用铅笔画上去的几何图形，线条极其奔放又富有冲击力，即便是现在再看也不难察觉出当时起笔之即兴。除了作画还有算式，两至三位数的加减乘除，分布毫无规律性，这难道不可以算作是艺术的一种吗？有的地方密密麻麻甚至笔画互有交叠，有的地方稀稀疏疏字符如斗大，时间久了石墨风干在墙面上，成了一面独具风格的“壁画”。我给这样风格的主题起了个名字，叫作“数理”。

小孩子的创造力总是变化无穷的，只要你给他发挥的空间，并且承担一点不算太过昂贵的代价。说到这里，我的确要感谢父母的宽容与慷慨，所以老房子另一半的风格不止一种，还有一个主题叫作“外语”。老房子卧室里有座立式的乳白色大衣柜，表面又滑又亮，四周是一圈黑色压条，按照现在的说法可是标准的私人定制加手工制作。有一天，善于观察的我发现衣柜表面和辅导班上老师用的讲课白板材质十分相似，于是后来母亲给我听写单词时，我干脆就用记号笔直接写在了柜子上。母亲惊诧片刻，但还是默许了我这大胆的发明，后来她也经常在上面抄写音标让我照着挨个读出来，那个衣柜现在还是老房子里唯一的衣柜，上面永远保留下了最后一次没有擦去的英文字母。

老房子的主卧与客厅既是连通的也是隔开的，之所以这么讲是因为隔开主卧与客厅的并非是墙或门或者玻璃窗，而是屋顶墙面上一道横贯的裂纹。可千万不要小看这道裂纹，它只是在春冬时节默默无奇不太惹人注意，等到了夏秋季节你便能够见识到它的神奇之处。

“去厕所再拿个盆来。”父亲朝我说道。此时地上的塑料盆正对着那条横贯的裂纹，整整齐齐地摆了一排，许是因为盆的质量互有差异，那滴滴答答的声音在音色上也有所不同，再加上相对固定的频率差而形成了规律的节奏，一面自带音乐特效的水帘隔断就这样形成了。我在隔断的这边，电视在隔断的那边，它不仅没有隔断我快乐生发的源头，反倒令我感觉这独特的氛围更有几分趣味。

讲到趣味便有个特别之处不得不说，恐怕任谁也想象不到，我家的老房子里竟然还藏着一片“海”。半装修的老房子厨房与卫生间地面都铺了瓷砖，但客厅与卧室还是坑坑洼洼的灰褐色水泥地。小时候家里没有空调，每年夏天入伏以后，母亲就会将一张四四方方的浅黄色凉席平铺在客厅的水泥地面上，在凉席上放了枕头和毛巾被，凉席边再摆一把凳子，用来盛放父亲的茶杯和母亲为我制作的果盘。

那台被父亲修理得驼了背的铁风扇放在白色的电视柜旁，边呼呼地吹风边嗡嗡地摇头。灰褐色中的那方浅黄就像大海中的一座小岛，我从不轻易越界，生怕一个不小心会掉入“水”中。我的肩膀上还披了条蘸湿了冷水的毛巾，一是为了消暑，二是以防“海上”毒辣的“太阳”晒伤皮肤，“海风”有规律地向“岛上”

吹来，我惬意地享受着足不出户的“海岛假日”。实事求是地讲，那水帘隔断的清凉与别致，那“海岛假日”的惬意与美妙，的的确确为我的童年营造了一些能够被长久记住的乐趣。

当然，我必须要对老房子那扇黑色的防盗门致以感谢，是它锁住了那些值得被记住的乐趣，从而在许多年后的今天让我发现，原来需要拯救的并不是老房子而是我，是老房子拯救了我流淌的记忆与飘荡的心绪，给予了它们幸福的归属。可谁又能想到，在我还很小的时候，我对它的印象却是格格不入，与四周白墙形成极为鲜明的对比，那纯黑的深邃无论春夏秋冬都沁着铁的冰凉。尤其是晚上，偶有目光调皮地在它身上停留，片刻间身体里所有活跃的因子就都会安静下来，冰凉的深邃仿佛要将我吸进外面宽广无边的黑夜之中，恐惧从心底漫上，随即驱离了我滞留的目光。

我同班有个同学小W和我家住在一个小区，我经常到他家里找他玩儿，他家是完全的毛坯，除了家具没有任何额外的装饰，当然也包括人为的创造。大概在三四年级的时候他们家开始装修了，有回我像往常一样去找他玩儿，看见盛满杂物的纸箱子从屋里一直堆到了走廊上，除旧迎新，别说是这样大刀阔斧的崭新，哪怕只是短暂即逝的新鲜，都足以令一个孩子兴奋上好一阵子。从此我再也感受不到那“雨水帘”、那“数理墙”、那“英文柜”的别具一格了，我开始厌恶它们的陈旧、嫌弃它们的脏，记忆中浮载起美丽“岛屿”的“大海”一瞬间成了冰冷恐怖的“黑海”。而“黑海”翻涌的“浪潮”让记忆中的“岛屿”越飘越远，我相信它再也飘不回来了。于是，我开始缠磨父亲重新装修一次，父亲也不直接拒绝，甚至他还经常休班带我去逛逛家具城，认真地挑挑问问，可仅限于此，却不再会有实质性的进展。如果说父亲是高明地敷衍了我，我倒不太认同，我相信那会儿父亲被我缠磨得也必定起了些心思，只是被某种我没有察觉的力量及时按捺了下去，不用想我就知道那股力量是从何而来的。

当然我也应该预料得到这个结果，因为那会儿就连自己每每想到“装修”这个词，都有种无法企及的感觉。于是，老房子成了我想要拯救却无能为力、想要逃离亦无能为力的地方。之后的某天，我从卧室的窗户看到了小W家厨房换上了锃光发亮的绿色玻璃窗，亮得像镜子，绿得像碧潭，那明亮的碧绿背后是何样的崭新与华丽？

我没有再去过，所以不得而知。不久后家里添置了一个大件，算是对装修这件事用铅笔画了个句号。直到现在，尽管那个“句号”的笔迹已经变得模糊了，但它依然还在。

由于次卧单人床的床板断了，父亲决定将主卧的床移到次卧，给主卧换张新床。我们仨在家具城逛了好几天，最后订了张外皮是枣红色的大床，床头对称地凸出两只小柜子，最上面刻了几个简单的花纹图案。为了欢迎这位“新成员”的加入，母亲将家里所有压箱底的旧棉花、不穿的毛衣毛裤统统翻了出来，打成几个大包袱，和父亲背到早市，弹了床厚厚的炕被回来当床垫使。炕被铺在床上足足将床的高度增加了一半，素简的木头架子一下子就饱满了起来。父亲说新被子需要压，晚上我们仨便都睡在了新床上。新床可真大，三个人躺在上面还有富余，炕被里像装了弹簧一般，我站在床上向后仰倒又弹起，尽管身体始终没有离开与炕被的接触，但弹起的兴奋足以让我满心欢乐了，只是这种欢乐被母亲以担心踩坏床板为由而果断制止了。

我只能乖乖地躺在他们中间，父亲在左手边，母亲在右手边，床垫凹陷成了U字形。第一次我侧卧在床上看不见了黑乎乎的水泥地面，我像被从“黑海”中捞起丢进松软的沙滩里，白日的阳光给了沙粒足够的热量，令黑夜的寒冷只是掠过沙滩灼热的肩膀，那腹中的温暖无处可逃，只能向上蒸腾着我的屁股和腰背，让我感觉自己充满力量。此时，我倒想跳进那“黑海”里浸一浸，窜起几个气泡泡，再在那“黑海”里游一游，弄起几手小波浪，得意地显摆显摆自己神奇的能量，原来这才是藏在这片“黑海”里等待我去探寻的礼物。翻过身来又看见屋顶那道横贯的裂纹了，从窗外照进来的月光在那道分割线附近徘徊，仿若波光粼粼的海天一线，这需要何等高级的材料与工匠的技艺，才能够打造出如此质朴壮美的景观？那个夜晚即将入睡前的最后一个清醒的念头，竟然是为没有装修成功而颇感庆幸。

从小到大母亲总是嫌家里乱，总是不停地收拾，她经常说等我长大了一定要帮我买个大房子，不能让她的孩子再住在这样又小又破的房子里。我对母亲感慨的承诺丝毫不以为意，我高估了自己也小看了母亲，直到许多年后的某天，我给家里打去电话告诉他们自己看好了一处房子，父亲简单问了问基本情况，然后他们花了一整天的时间从老家赶来，赶在售楼处关门之前实地参观了一番。其实他们并未十分看好，但除了贵也没有太充分的理由反对，只是母亲提出了个建议，希望我换个稍微远点的位置，买个面积稍微大点的房子。敏感的母亲特意向我说明，在总房款不变的前提下。不过母亲的建议还是没有被我采纳。最后父亲拍板，“买吧”，这是专属于他的台词，也是唯一的台词，我毫不怀疑他要竭尽所能予我以帮助的决心，可具体量化到多与少他就不清楚了，剩下便是母亲的事情了。

母亲从已经开始咯吱作响的那张大床底下取出几本有红有蓝的存折，把它们装进一只大小正合适的透明袋子里，再把袋子装进衣服最里边的口袋里，然后带着我一路沉默地向银行走去。银行柜员提醒母亲，存折上的定期存款还有几个月就到期了，如果现在取出来利息要损失很多，我用余光偷偷瞄了眼母亲的脸，她淡定从容没有任何犹疑地让柜员把钱全部取出来。

几张存折变成了一张银行卡交到我的手里，母亲告诉我这是她和父亲全部的积蓄。我觉得我应该说点什么，以玩笑的口吻表达一下感激的心情，或者对他们的养老做出点什么承诺，应该就是这样的，可我还是没有说出口，貌似这样会让我产生一种哄骗的虚伪感与罪恶感。

我没有接话，而母亲接着说了句：“我们的任务完成了。”

她轻缓地舒了口气，若是说如释重负，好像还没有那么彻底，总还是在心里揣了些倒不出来的东西。

从这一天开始，我在另一座城市有了个属于自己的房子。老家的房子真真正正地成了老房子，可每次只要时间允许，我都想回到老家，回到老家的老房子里，哪怕只能住一个晚上，哪怕往返的路费要顶上自己半个月的生活费，我依然毫不吝惜。没有刻意去记住是从哪个假期开始，我喜欢在老家县城的街巷小路上走走逛逛，以我家为原点，沿东西南北四个方向把城市划分成四块区域，版图的中间和边角拼凑了些零散的小插图。每块区域都有一种独特的味道，这便是区域边界的划分，这种味道附着在一栋栋老房子的砖瓦木石之上，躲藏在街道两边树木的枝杈叶片之中，而只要稍有风起，这些味道便都藏不住了。

偶然有次路过某家敞开的厨房窗户前，从里面飘出来一股鸡蛋炒酱的香气，生活的气息像是神奇的催化剂，渗入城市的味道之中，为这味道增了生动，添了饱满。或许我需要一个倍数足够大的放大镜，想必这样，一定可以发现气息的因子在味道中纷飞乱舞的样子。

我这样写肯定有人会质疑味道如何能够飞舞？疑惑它们的形态又是如何？对此我还真是无从回答，因为我没有任何证据来证明这味道在物理上的存在，甚至我没有听到第二个人这样讲过，而我相信这味道一定是存在的，限于某种空间或者某种记忆的、情感的与精神的条件之下，但不论这需要什么样的条件，老房子都是那种味道绕不开的纽结。

第十三章 回头再见回头河

我的老家有一条河，名字叫作“回头河”。

回头河很长，在城中穿插而过，不知其始源，亦不知其终所。河的一段将城市东西而分，另一段又将其南北而隔，总之，在我的记忆中，无论走到城市的哪里都能够看到这条河。从小到大，我对这条河的名字始终是知其然而不知其所以然，直到方才提笔写下这篇题目之后，我专门百度了下“回头河”名字的由来，原是因为河水在城内先向北流而后东折最后复向北进，故取此名。并没有如我所猜想的那样出自于某个故事式传说，单纯因其自然流势而得名，如此简单不免令我有一点小失望。

小时候回头河里的水很深，夏天可以划船，冬天可以滑冰，春天观碧波荡漾，秋天赏落叶飘飘。其中一段流经市中心的公园，公园里的娱乐设施每到周末都会吸引成群结队的孩子，他们在父母的陪伴下滑滑梯、捉迷藏、荡秋千，河水上优哉游哉地漂动着五颜六色的游船，笑声飘落到河水上又被它载着欢快地流向远方。我也同那个年代的所有孩子一样为这座临河的公园所着迷，每逢周末都缠着父母带我去玩儿，一番死缠烂打式的央求总还是有些效果的。

某个夏日的周末，他们带我在公园里玩儿了半个下午，尽管划船的愿望没有被满足，但玩儿得还是很开心的。果然，任何快乐都是要付出代价的，回家之后父亲和母亲严肃地告诉我，不允许我自己跑去那个公园里玩儿，还是因为那条河，他们发现滑梯与秋千离河边太近，一不小心就会有掉进河里的危险。于是，在他们将这件事正式通告给姥姥家之后，那条回头河似乎悄无声息地分流出了一条支脉，横挡在我与秋千、滑梯，还有其他那些被认为一定会永远受自己喜爱的游乐设施之间。从此，我只能站在远远的地方，羡慕地观望着别人成群结队的欢喜，观望着回头河上移动的色彩来来往往。悄悄地，我发觉自己对宽阔的河水，还有河上丰富的色彩渐渐产生了些不好的情绪，有厌恶，有埋怨。常常，形单影只的我内心便被如此情绪所涨满，捡起脚下一颗石子，狠狠向河中掷去，溅起的水花是它无辜的眼泪，荡起的波纹则是它疼痛的表现，所以，八九岁时的我并不喜欢这条可以回头的河。

后来，回头河里的水少了，城中的一段已经裸露出了光秃秃的河床，时而还能够看到有大型机械在河床上施工，如果时光倒退几年，我一定会为它受到了本不该属于它的惩罚而暗自高兴。不过，那会儿我已经上了中学，秋千与滑梯早就被遗忘在了记忆的角落里，因此我对这条河又产生了新的印象。

中学时，有一门课外辅导班上课的地方就在回头河附近，河边的空地自然就成了大家课间休息的聚集场。在三三两两闲谈与嬉闹间，忽而围聚起一圈人群，迸发出兴高采烈的叫喊声，我的目光与脚步都被这叫喊声吸引了过去。

回头河从城中穿过的这一段，两岸是四五米高的堤墙，仿佛是由两排英武健硕的守河人组成的长阵。两个辅导班里的小男孩已经顺着堤墙的斜坡溜了下去，他们正跃跃欲试准备向巨人的肩膀发起挑战。

获胜者将会得到男同学的喝彩与女同学的夸赞，这样的奖品轻而易举就将他们的情绪与斗志推向了高潮。我挤在人群后面探头一望，两个人同时起步，先是一阵加速助跑，而后腾空跃起，在墙大概三分之一高处，手脚迅速发力，紧接着双双滑了下去。第二次是比第一次更长距离的助跑，除之前的动作外，又增加了一个伸直手臂攀够顶部的动作，不过仍然没有成功。

其中一个男孩面色潮红地回到起点，紧接着开始了第三次尝试，在如出一辙的失败之后，便独自从一旁的小门处翻爬了出来。另一个男孩表情则变得严肃起来，他慢慢退回起点，若有所思地望着堤坝，仍然与前两次相同的动作，只是第三次他没有采取一鼓作气的闪电战术，而是先让身体稳定地贴附在斜坡表面，眼睛紧紧盯着一处稍稍凸起的石块，瞅准机会再度发力，手臂迅速伸展够触堤墙顶面，结果可想而知，这个小男孩在热烈的喝彩声与崇拜的目光中，犹如一位头戴花环的勇士，骄傲地走过环绕他的观众。而我此时已经脱离人群独自站在了稍远处的空地上，也惊叹，也艳羡，惊叹于他敏捷的身手、从容的心态，艳羡于投向他的男生的喝彩和女生的崇拜。

再后来，我与回头河的交集就越来越少了，转而对外面世界的向往越来越深。可现实的路上空有一腔热情也确是寸步难行，好在有父母慷慨的支持，我这才得以开启自己对世界的这场探索之旅。

大三的那年冬天，我背上书包独自一人踏上了去北京的火车。这是我人生首场独自旅行。北京，一定是北京，如此有意义的节点必须要落在一个有特殊意义的城市里。冬日的夜晚，我仰躺在硬卧车厢里的铺位上，目光在经过一段短暂的明亮后，飞入了窗外的夜色之中，悠然地捕捉着沿途一切发出光芒的物体，这进而又激发了我对于目的地丰富的联想。

抵达北京的那天早晨，天空飘起了小雪花，来接我的同学告诉我，我赶上了北京入冬后的第一场雪。他带我来到故宫，刚买好票雪花就变成了雪片，一时间在空中纷纷扬扬，不过这倒是清除了些空气中的雾霾，让我感觉新鲜几分，除了比我在昨夜上车那个地方吸到的空气更冰冰凉凉一些，却也没分辨出有何不同，但我坚持相信一定是有所不同的。

落雪的故宫无处不散发着令人心神向往、无法抵挡的魅力，披裘皮的琉璃瓦，雪白与金黄相拥，令尊贵也融汇了几分平易；穿棉靴的红墙，雪白与朱红相伴，令威严也增添了几分可爱。我无比喜爱这种古典建筑，它们带着几百年前的记忆而存在，像今日这样雪白的裘皮与棉靴已不知穿脱了多少次，来的人、走的人，发生的故事、结束的故事也不知见过了多少，这些砖瓦木石的记忆俨然是一个独立的世界。我的脚印留在雪上，雪与泥的融合又被带到石阶上，一步一印，走上大殿，向内望去，不料却是一片暗淡。我自是心有不甘，再使劲望望，一股酸痛令我不禁眨了眨眼睛。就这片刻的工夫，脑袋里不着边际的遐想摩擦出了火花，光点在黑暗中扩大，反倒吞噬了黑暗，眼前的光景清晰又明亮，宫门敞开，殿内阳光明媚，一切都崭新如当年。

忽然，背后传来叽叽喳喳的响动。我扭头一看，黑压压一群穿着五彩锦衣的人正列队玉阶之下，他们一对一地相互耳语，严格守护着对话的私密性，遵从这心照不宣的规矩。我十分好奇他们在说些什么，是否会是史书中不曾记载的那些宫廷秘事？还是某件趣闻杂谈？我被牢牢吸引着向那个久远的，仿佛又在眼前的世界靠近。刚刚走下台阶，发现雪不知何时停了，不过人群还在，交谈也在，只是眼前的画面更真亮了，一切都结束了，一切又都在不动声色中继续，秘事与趣闻是从导游的麦克风里传出来的，没有人知道它是否真实，但不失精彩就好。

我入住的青年旅舍在一条老北京胡同里，距离天安门不远，黎明还未到来，可赶去看升旗的脚步已经迫不及待了，安静的大街大概也只有在这个时候，才会让人短暂地忘却它那金光闪闪的城市标签。突然，不远处有道醒目的光亮闪过，之后是阵窸窸窣窣的说笑，安静的黑夜顿时被撕开了一个口子，但并不会为大多数人所察觉，我的脚步因此更快了几分。安全帽、工地装、男人、女人相继在视野中出现，走近他们身旁时，我又故意把脚步放慢了几分，我想听听他们交谈的内容，想看看他们的表情神态，仅仅出于本能的好奇，而不带有任何目的性的色彩，更不会想到在许多年后的今天，我会把记忆里的这番印象记录下来。

路边有个女人说她过年回家想给孩子带个礼物，考虑着干脆买台电脑带回去，虽然还没想好买个什么牌子的，不过她为自己足够有能力支付一台电脑的价钱而面露悦色。并且，这一表情的变化被她身前路灯洒下的光芒映现得清清楚楚，连带着她的容貌都更显几分美丽。

我越走越远，似乎又越退越近，退回到刚才的路灯下，悄悄蹲坐在女人身旁。她头上的安全帽戴到了我的头上，她身上涂有反光条的工装套在了我的身上，就连她的胶鞋也与我的运动鞋调了个个儿。我打量着这身陌生的装扮，转头看看四周等待上工的同伴，肚子里咕噜咕噜地奏起了鼓点乐。此刻无比期待的只有日出，那时将揭晓今天的早饭都有什么，我得抢个早去，吃完了还能再打一碗，要不怎么能撑得下这半天的工活儿？还有，工地几号开始放假？回家的车票能否订得到？要买哪一款的电脑性价比更高？想着想着低头看见了脚上那双松软的胶鞋，突然又起了一个念头：剩下的钱要不要给自己添置一双新鞋？正当这些问题排成一串没个答案时，远处的天边泛起了红晕，女人走向了工地。

好多好多年之前，父亲和母亲就说要到北京去看看，说是等家里攒下些钱的，等我上了大学的，等他们都退休了的……后来，我终于不再相信他们说的"等"了。我走到天安门广场，走到长安大街，走到王府井，每到一处便给家里打去微信视频，这应该是最原始的直播了，母亲说他们这就算是去过了。我这才恍悟，原来他们口中所有的等，都只是在"等"我。

自那之后，因为中转倒车我又多次到过北京。有一回在卧铺车厢里遇到了个女孩，她是隔壁的上铺，个头与身材都很标致。女孩小心地从梯子上爬下，踮着脚转身去够铁架子上的行李箱，往外一点点吃力地挪动着。我刚想伸手却被对面男孩抢了先，行李箱着实重得出乎了男孩意料，他两手擎举颤颤巍巍地落了地。大家都很好奇她的行李箱为何如此之重，从周围旅客与女孩的交谈中得知，女孩是去北京上集训班准备艺考的。这时便有人问道："没有家长陪你一起吗？"女孩说去年母亲陪读了大半年，今年要挣钱，就不能同来了。女孩看上去对独行的旅途也并不陌生，背着和她个头差不多高的大琴盒，拖着重重的行李箱。这样的孤独或许并不叫孤独，因为母亲的希望跟着她，母亲的牵挂拴着她，母亲的心心念念离不开她。不知那一年她是否考上了，不知我曾在电视上看到的，某个节目里的某个人是否就是那个女孩。

从北京开始，陆陆续续我到过很多的城市，见过江河湖海，领略过南北风情，我对有水的地方印象还都不错。几年前游历江南，最令我难忘，也最令我喜爱的就是沿途的大运河。宽阔深厚的运河水波浪连连，从某一处分岔，又在某一处合流，我站在一座拱桥的高处，俯瞰无尽的河与无边的城，毫不掩饰地赞叹着它独特的美。就在这期间，几艘体型宽扁的货轮从桥下接连驶过，可我却肤浅地将其当作运河的装饰，只顾欣赏其点缀之美。随后，当地的同伴告诉我，这些来来往往的船就是船主的第二个家。我忽而感觉到一丝愧疚，为自己肤浅的认识，同时脑袋里又突然想到了一个词，我发现这河、这船是对这个词再生动不过的释义了——“千家万户”，浮载千家而利惠万户。只是一条河，却注江南风光以柔情，给两岸百姓以繁华。

眼下的运河也自然引我想起了家乡的回头河，想起因河水干涸而消失的游船，我以为面对如此壮观美丽的大运河，我会对它不屑一顾，甚至心里暗自嘲笑。然而此时此刻，回头河在我心里竟也展现出了一种美，有别于又不亚于大运河的美。我惊讶、不解，甚至怀疑，这究竟是一种什么样的美？无法抑制的好奇催促着我又不得不向自己追问答案。

慢慢地，好多幅画面在脑海中相继展开：有位美丽质朴的女人，虽家境一般，却也能自给自足，女人从未对自己的生活产生过任何不切实际的期许，她始终老实本分勤勤恳恳，营务着自己的家庭与生活，她用乳汁喂养孩子，用劳动支持家庭，她和她爱的人都安稳幸福地生活着。可时间的流逝总要带走些什么，除了美丽的容貌还有她劳动的机会，她的孩子也不再需要乳汁的喂养，从这一刻起，她想不到自己还能够为她爱的人再付出些什么。于是，她开始变得沮丧，变得愧疚，变得自卑，变得在生活中静悄悄的。可她不曾想过，她的孩子依然深爱着她，这毋庸置疑，这从不会中断。

今年夏天老家的雨水格外充沛，我回家的那几日恰巧刚刚下过一场大雨。午后沿着河堤漫步，裸露的河床又被波光粼粼的河水盖住了，一阵金灿，一阵碧蓝，一阵深绿，交相变幻；堤墙下沿河道两边修建起了平整宽敞的步道，河水涓涓，行人慢慢，白云悠悠，夏风习习……家乡这座小城满足了我心中对小而美的全部想象与期盼。

我沿着步道一路走去，忽然发现“回头河”这个名字起得真好，不论我走到哪里，不论河里是否有水，我回头总会望见它……

第十四章 父母婚姻

相亲——中国社会最传统的异性结合方式，造就了我父亲与母亲至今三十余年的婚姻。

父亲与母亲的结婚证是张硬纸板，我隐约记得里面还贴了一张邮票，可惜在我很小的时候它就被我撕掉了。许多年后每每提及此事，他们都会忍不住埋怨我两句，不过对这件事我还是认账的，因为记忆中有那么一点点斑驳的印象。父母的婚姻没有爱情，他们俩都这么说，从我对这个问题有概念起直到现在，他们俩的回答始终如此一致。婚姻不是爱情的结果，就一定是传统的产物，我以为爱情导致了婚姻，婚姻再生成幸福，这是顺理成章的反应链条，所以我觉得父亲与母亲的婚姻缺少幸福，可总还是有那么几个时刻，让我感觉幸福应该就是这个样子的。

从小我就认为手表算是家里的一个大件，在那个手机还遥不可及的年代，手表是必不可少的一个大件。记忆中是个阳光明媚的下午，父亲骑着他的二八大杠载着我悠闲地穿过马路和街巷，大概就是春的时节，风性情温和，拂过父亲那件浅黄色的夹克衫，衣服的表面似乎都变得更加柔顺了。

父亲带我来到一家百货商场，当时县城里只有三家这样的综合商场，所以一年四季商场里的季节仿佛始终停留在夏天，唯一能看出区别的就是人们的衣着打扮。

穿过卖糖果的、卖碗盘杯碟的区域，就到了卖钟表的地方。一个大厅和一个小厅，中间由走廊相连，放眼望去，动的是人，是时针、分针和秒针，静的是表盘，正圆、正方、椭圆、长方，除了形状还有颜色，除了颜色还有材质……十几个摆放手表的玻璃柜台连成长龙，展厅的墙面上面是挂钟，下面是坐钟，整片区域只有那条连廊孤零零地裸露着它原本的面貌。

父亲一只胳膊杵在柜台上撑起他趴俯的身体，另一只胳膊自然垂落牵着我的手。售货员接二连三地取出手表向父亲一一介绍，而我早就已经听得不耐烦了，挣脱开他的手，便自己玩耍去了。

我总能在平平无奇的地方找出一点乐趣来，就是刚刚提到的那条连廊，连廊高于地面一米左右，两头有台阶上下，我惊奇地发现脚步踏在连廊上会有沉闷的回音，脚步越重，回音越响。蹲下来一看，原来连廊是由几根木头拼起来的，只上面一层，如此构造立刻引起了我的联想，“桥”——一个巧妙的转化迅速在我脑袋里完成。

大概半个下午的时间，我就从“桥”的这头走到那头，再从那头跑回这头，兴起时还要在上面蹦跳几下。最后玩累了，便一屁股坐在台阶上。父亲向我招招手，我居高临下望见柜台台面上只剩下了两只手表，我以为他是想询问我的意见从中二选一，可走近一看才发现，那是一男一女两个款式。男款的表盘是圆形，表盘上没有数字，一圈粗与细的刻度，置于灯光暗淡处还能够发出绿色的荧光，表链箍结宽窄适中，全身一片明晃晃的银白色，有分量也有力量感。女款的细细窄窄，表盘是长方形，大体是油亮亮的黑色，表链侧面为金黄色，或许是我的脑洞太大，想象不着边际，见它的第一眼就感觉与某样东西十分相似，就是冬天老家街头上常卖的山枣糖葫芦。一个箍结就是一颗山枣，一颗颗串成串，被浓浓的糖浆裹着，透过糖浆看山枣，那种乌黑又润又亮，最顶上的一颗山枣还戴着顶甜甜的“尖头帽”，在灯下金光灿灿地等待着把它买走的人。

父亲戴上崭新的手表，骑着自行车又一路从商店奔向了母亲做工的工厂。来得正是时候，赶着交班的时点，一群自行车从纺织厂里结队而出，两旁的和后面的是徒步的工人。人群与车群在工厂门外的T字形路口开始分流了，我向母亲呼喊、招手，父亲单手握着车把，另一只手插在口袋里等候母亲走到面前。

“先抑后扬”是惊喜最好的出场方式，父亲挑剔地责备母亲走得太慢，母亲沉默不语，显而易见的疲惫沉沉地挂在脸上，我则在一旁装腔作势煽风点火，惹来母亲一个嫌弃的白眼。见气氛烘托得差不多了，父亲一直插在口袋里的手缓缓掏出，粗糙的手掌托着精致的包装盒，惊讶顿时盖住了疲惫。随着乌亮的光环套上母亲的细手腕，她脸上的惊讶并没有如预期般被糖葫芦似的甜蜜所融化，反倒是渐变严肃，而父亲手腕上的银白色，也不合时宜地反射出明晃晃的光芒。

“你这花了多少钱？”

“你猜猜。”

“得二三百吧？”

“再猜。”

“三四百？”

父亲比了个手势，母亲惊色立现：“一个月工资就戴手上了？”说罢便要摘下，却被父亲一把拦住。此刻我才发现父亲挑选的这款女表是真漂亮，比在柜台上摆着时还漂亮，这完全要归功于母亲的手。我好像从来没有特意观察过母亲的手，她的皮肤其实很白，但被自然光镀了一层淡红的膜，手表戴在母亲的手上，像一抹晚霞穿入纯净的夜幕，隐入幕后的太阳还趁机露出点金边。

自我有记忆以来，那块手表是父亲送给母亲最贵重的礼物，她总是习惯把表盘戴在手腕下，尽管这令我觉得十分别扭，但手表的确被母亲保护得很好。

父亲会做一道汤，许多年没再喝到过了，因为母亲的眩晕症许多年没有再犯过。母亲年轻时常会产生眩晕的感觉，尤其在下夜班后，只要见母亲一直躺在床上不起来，就知道她一定是眩晕的毛病又犯了。据母亲的描述，我对眩晕的理解就是，它来的时候人是不能站着的，站立似乎是对这种自然旋转的幻觉的挑战，否则便会招来更加强烈的不适；唯有躺下，任天和地裹挟着自己绝对服从的躯体搅动、旋转、翻腾。在我们单位的一次聚会上，同事带了几瓶本地特产白兰地酒，我喝了之后，回去躺在床上经历了前所未有的晕吐，仿佛天和地都搅在一起转圈圈，翻个身不知自己究竟是掉进了棉花地，还是乘上了筋斗云，想来那一次应该就和母亲的眩晕十分接近了。

父亲不知从何处寻来个土方子，买了桂圆、大枣、红糖，端来电饭锅，按照方子上写的比例搭配好再添上水，反正每次都是满满的一大锅，搁在餐厅墙边慢慢熬煮，待咕噜咕噜的气泡顶得锅盖顽皮地跳起迪斯科，父亲就会走过去掀开锅盖，用长柄汤勺在锅里朝着一个方向搅动两圈，白茫茫的热气升腾又散开，带出一股浓郁又特别的香气。香气之中枣香最为突出，大枣、桂圆与红糖的融合兼生出中药的味道，夹了淡淡的润润的甜香，在厨房里四溢。但还不到起锅的时候，关火后还需要再焖上一阵工夫，等父亲那一声亲切的“好了”之后，我立刻捧着碗跑过去蹲到锅边。父亲先从锅里舀出一个桂圆和一个枣递到我的嘴边，经红糖水这一番熬煮，桂圆圆润如水晶、大枣饱满如玛瑙，我的口水已经涌流到了齿边。

“小心烫。”父亲提醒道。我大张开嘴巴连续吹出几口气，急不可耐地含进嘴里咬上一口，充盈的混合糖汁顿时泻流而出，那味道真是又甜又美。父亲盛出一碗来让我先给母亲端去，母亲平日里饭量不大，不过父亲做的这道汤她却能喝很多，然后躺下再睡一觉，醒来后眩晕也就差不多过去了。后来母亲的眩晕症不常犯了，父亲的那道汤也没再做过。那道汤，是父亲拿手菜单中唯一专属于母亲的菜品，只是当时也没想着给它取个名字，现在琢磨琢磨，突然有了个颇觉雅致的想法——“贵珠红浆”。如果找机会把这个名字推荐给父亲，没准他会慷慨地下厨再做一次，不知还会不会是小时候的那个味道了，但无论如何这笔买卖是划算的。

礼物与美食不过是漫长日子里偶尔的插曲，更为平常的是柴米油盐酱醋茶，而与之对应的则是磕磕绊绊、吵吵闹闹。父亲和母亲吵的架要比他们过的日子还平常，有时几句不合，音调就升了一个度，语速也急了一个度，待这段插曲过去，一切又都恢复如常。有一次他俩吵得很凶，音调在节节攀升，语气在步步紧逼，我识趣地回到卧室里默默祈祷，静静等待。吵架其实并非最可怕的事情，毕竟情绪、语言和体力都在高速输出，所以争吵是不会持续太久的。而一旦热战结束，也就意味着冷战的开始，要知道情绪也是有惯性的，争吵的激烈程度决定了情绪落差的大小，也就决定了冷战时间的长短。

那个白天剩下的时间里，家里安静极了，我的神经也敏感极了，专注且敏锐地捕捉着出现的任何声音，因为一个不知从哪里冒出的什么声音就可能决定这场“冷战”的走向。可等了许久，凝固的气氛依然没有任何融化的迹象，于是我悄悄从卧室里钻出来跑到另一间卧室，母亲正随意摆弄着什么。

“你们……怎么了？”她板着脸理也不理我。我又走到阳台，看父亲坐在窗边喝茶，我问了同样的问题，父亲则黑着脸不耐烦地让我回屋去。直到夜幕化作一条深色的绒毯盖在冰冷之上，局势这才出现了转机，没想到率先打破沉寂的竟然是肚子忍无可忍的抗议。

父亲说带我去吃拉面，我扭头看向母亲，我也不确定如此激烈的争吵之后，父亲是否会邀请母亲一起。我该怎么办？我该如何给他们大人的面子架一道滑梯？犹豫的工夫，父亲开始催促我赶快换衣服去，然后他故作不经意地问道：“你去吗？”他是朝着母亲说的，出乎我的意料，更加出乎意料的是，一贯节俭的母亲竟然一口答应了。

就在距我们家不远的路口处有一家面馆，我和父亲常去，在来不及做饭的早晨，在母亲上班父亲又懒得做饭的中午或傍晚。那是唯一一次我们一家三口同去那家面馆吃面，并且我印象中也是母亲第一次去那家面馆吃面，之前她倒曾带我去过几次，但都只点了一碗面，母亲就坐在对面耐心地看着我吃完。

那次我们点了三碗面，还有两个茶叶蛋，一颗毫无疑问是我的，另一颗被父亲的大手不容推让地剥到了母亲碗里。父亲还端起醋瓶，主动给母亲的面里添醋，尽管被母亲拒绝地摆摆手，可父亲却没有立刻停下的意思，就像学校里那样调皮的恶作剧，使得母亲不得不狠劲儿推开父亲的手。母亲拌开面条，挑起一筷子，时值深秋，碗中立即升起一面白色的暖帘，挡住了夜晚瑟瑟的寒冷，也遮住了她脸上严肃与悲伤的渐渐和缓。我和父亲的面前随即都升起了这样的暖帘，待暖帘不约而同地一齐收起，我们三个面面相觑，片刻间扑哧一声都笑了。

面馆外人来人往，两扇玻璃门上挂了层均匀的水汽。

老板娘拿起抹布在上面对称地擦出两个大“鹅蛋”，如果有哪位路人透过“鹅蛋”不经意看见了刚才的一幕，他是否也会因这暖意洋洋的人间烟火气而心生触动?

我以为父母的婚姻没有爱情，所以一定也缺少幸福，现在想来，这种唯爱情论是错误的。他们缺少充裕的物质，但是不少精打细算的乐趣，他们缺少营造浪漫的心思，但是不少把日子过下去的信念，父亲与母亲的婚姻平凡却也特殊，他们因为婚姻有了家庭，而家庭成了他们为之无怨无悔奋斗一生的共同事业。如此定义，我自认为毫不夸张。

第十五章 终归释怀

从离家算起今年已经是第十一个年头了，从参加工作开始算也要有七年多了，这些年的经历告诉我，如果好奇那就去大胆尝试，如果没有尝试的勇气和准备，那就请不要随意好奇，因为好奇有可能就是缘分即将开始发生作用的征兆，引着你靠近它，一步一步陷入它为你编织的独特境遇里。

此时此刻正值黑夜，坐在高铁上看着窗外灯火星星点点缀染着城市的夜色，我突然有所冲动想在这黑夜里做一场白日梦，梦里我写下的这几句话竟然在许多年后被发现是个有趣的定律，如果要给这条定律起个名字，就叫“缘引定律”吧。

大概是几年前第一次听父亲讲他距离退休还有三年

半时，我顿时心中一惊，看着眼前鬓角尚未斑白、皱纹尚未繁深、腰背尚未佝偻的父亲，无论如何也想象不到他竟然已经年近六十了。他放任骄傲的小心思，在脸上还不很深的皱纹里咕咚咕咚地冒出泡来，告诉我等到退休时他将会拥有超过四十年的工龄，这便意味着他的退休金每个月会多一点，至于多多少我不清楚，不仅我，就连父亲自己也不清楚，他不过是根据周围听说的某些例子，按照不知从哪里得知的公式或者标准估算出来的，反正四十年就是与三十九年有着根本性的差别，这是父亲所有成就感的源头。而从另外的角度看，这种成就感是否本身就是一种成就？如此一来，父亲又是否发掘出了一种新型的“人生驱动力”呢？就暂且将它称为“时间驱动力”吧，有别于司空见惯的“财富驱动力”与“职级驱动力”，“时间驱动力”的原材料鲜有人知，反应过程又极其隐蔽，却具有着良好的稳定性与长效性，我恍然顿悟或许父亲的智慧远不是我所认知的那个样子。

人生的起与终无非一点之左右两边，父亲就曾将一个素不相识的女人，从这个临界点上拽进了明晃晃的灯光里。那是个寒冷的深夜，在穿城而过的铁道线边漫步的女人，想必正与她的男朋友用小灵通互诉情意，否则谁又舍得谈笑间如流水般跑掉的电话费呢？她丝毫没有觉察到，冥冥之中某股神秘的力量已经为她的通话设置了时长，甜蜜兜裹着危险的浪头，或许她的某句浓情蜜语就是她在这个世界上发出的最后声音。一分一秒，越来越近，也不知她究竟是在说完哪一句话后声音戛然而止的，只能听到电话那头继续发出的几声呼唤，在无人回应之后挂断了电话。

父亲的手电强光直直地打在女人身上，一对瞪得滴溜圆的眼珠喷射出愤怒的火焰，将被寒风吹得麻木的嘴唇烤得炙热。愤怒的责骂震裂了夜空纯黑的薄膜，随之而出的唾沫星子如火星般奔向女人，燃着了她的皮肤、头发和衣服，直到灼热刺痛她的呆愣无措，女人方才苏醒，满脸迷惑与无辜，毫不客气地发起质问的反击。父亲无言，抬手指向她的身后，铁轱辘上扛起的铁箱子停在距她不过几米远的地方。女人立刻安静了，她不知道就在几分钟前，正是敏觉的父亲用对讲电台将另一端推行的火车头果断喊停，让其停了下来。

如果没有父亲喊的“停车”，那就将是另外一个故事了，一个什么样的故事呢？我倒还真是可以讲出一个来，这个故事在我幼年的记忆中头一次被贴上惊恐的标签。故事就发生在我所上的学前班的楼后，一片被红色的石砖墙围起来的空地，但围墙并非完全的石砖，而是石头与金属的结合。一道涂了黑色、灰色或者红色油漆的小铁门，因为那道铁门的涂漆经常变换颜色，所以我也不记得故事发生时铁门是什么颜色的了，不过这倒并非是件坏事，起码避免了我对某种颜色自此产生恐惧、厌恶或抵触。

那是个下午，接近傍晚时分，一个男人推开了那道门，而我们的迎面相遇碰巧在他推门之前。他停住了脚步，我和父亲也停了下来，他与父亲之间发生了几句简短的对话，然后各自走开，向着毫无征兆的既定方向。我回头望了眼他的背影，肩背稍有弯曲，脚步还算沉稳，最令我难忘的是他头上戴的那顶帽子，和姥爷的那顶款式十分相似，不同的是他的帽子要比姥爷的看上去质量与档次都更高些，而果不其然这个人与姥爷确有关系。

我总是习惯在路上遇到与我们打招呼的陌生人后，都追问一句："他是谁？"无论此时身旁带着我的是父亲还是母亲，大多情况下都会耐心回答我的疑问，有时还会告诉我点与这个人有关的其他事情，比如与我认识的某个人是什么关系，又比如他的儿子或女儿与他从事了同样的职业，不过关于这个人，我只知道他是姥爷退休前的同事。第二天父亲回家告诉我，昨天我们遇到的那个人没了，就在昨天与我们分别之后，他推开了那扇嵌在砖墙里的铁门，铁门通向的是铁轨，连通这座城市和周边几个城市的火车站，他便是在横穿铁轨时被一列通过的火车给撞上了。

万束惊恐从我眼中迸射而出，沾带着脑海里昨日回望的背影碎片，在空中漫无目的地抛散，飘落到地上又合成一幅破碎的投影。活着与逝去的边界竟如此模糊，人与生命的分歧也越来越宽，如幼蝉脱壳一般完全彻底地分开。于是生命变成了独立的个体，而我正谨小慎微地站在它面前，偷偷打量一眼它的模样，就赶紧用双手捂住了眼睛，生怕专注的目光一个不小心就将它消融了，仅留下那可怜又孤独的肉身躯壳。这样的事情父亲见得多了，印象中最恐怖的故事也比不过他给我讲述的那些血腥的场面、揪心的哀鸣，或许父亲才是那个与“生命”面对面过的人，只不过他自己从没有深入地思考过这个问题罢了。

在我有记忆的二十多年里，父亲在我面前从未表现出惧色，直到我参加工作不久后的一天，他匆匆赶来我所在的城市，让我带他到我工作的车站看一看。站在车站办公楼的窗边能够看到钢轨与站台，还有一辆内燃火车头停靠在站台旁。忽然火车头的发动机轰响起来，就连几百米外的办公楼都能感受到它的震动。几个黄马甲从远处房子的遮挡里走进了我们的视野，其中一个爬上了火车头，另外几个走出我们的视野，他们要在作业开始前检查完几百米长的铁轨两侧有没有障碍物。而再过几天，我也将成为那几个徒步的黄马甲之一了。

未谙世事的目光所及之处不过是单纯的风景，却忽略了站在我身旁的父亲，更未觉父亲已经走进了我的风景。如果我的目光能够超出阅历的限制而更加深邃些，恐怕我就能辨认出他们当中还有个我所熟悉的身影，这当是人与生命的自然分身，一个在我身边，一个在经历我即将的经历。那天晚上父亲与我师傅见了面，他很好地控制着自己的酒量，这是我记忆中父亲为数不多不贪杯的时候，他们探讨了很多专业上的事情，要论这方面经验，父亲是有绝对话语权的，就连我师傅都没有见过像父亲这样大的年纪，还依然在这个岗位上工作的。不过父亲话语间保持着边界明晰的谦逊，唯一带有感情色彩的表述，就是将我的安全托付给了师傅。

我们回到宾馆时夜还未深，窗外的街道人烟稀少，惹得路灯也打不起精神，慵懒地散射出暗淡的光线。

“要不跟我回家吧。”他显然不太有底气。

父亲拧开中午我特意给他带来的酒，当地特产，他以前从没有喝过。略露出孩子般的新奇品尝了一口，满意地评价道：“挺好，挺好。”而对于刚才我没有回答的问题他也没有再问，他不可能带我一走了之，我也不可能就这么跟他回去，无论他是否问，也不管我如何答。最后，他放下酒瓶拍了拍我的腿，说：“先干着吧，自己长好精神，我要是带你回去就是害了你。”

那天晚上剩下的时间，父亲都在给我讲述他认为要注意的事项，还有关键时刻如何保命的办法，每一项他都能讲出一个甚至几个专业的事故案例来。父亲边讲边演，他的手和脚灵巧极了，握、拧、扶、踩、蹬，仿佛这间屋子里就停了辆火车，他模拟动作所需的车钩、车梯、制动软管（列车各车厢之间相互连结的一条气管）都主动跑到他的手里、跑到他的脚底。后来的好几年，我听过许多专业老师讲过这方面的业务知识，但父亲的那堂课我仍然觉得鲜有人能够比得上，只可惜我当时的心思辜负了父亲精彩的讲解。

过了大概半个月，我和几个同事下班后结伴出去吃饭。整晚我们聊得十分尽兴，手机全程安静得没有发出一点声响，直到饭局结束，我刚掏出手机就接到了车间领导的电话。

他语气严肃地询问道："你下班后去哪儿了？"

我顿时一头雾水，神经立刻紧张起来，记忆开始搜寻自己当晚所有可能与如此询问沾上点瓜葛的行为痕迹，在快捷搜索无果后方才稍稍安下点心来。

"没，没去哪儿啊，就出去吃了个饭。"

"喝酒了？"

"没有啊。"

难不成是有什么要紧的工作要我赶回单位去？我这样猜测着，并准备主动表态自己马上就能返回岗位，可没想到领导却告诉我："赶紧给家里回个电话，他们打电话找不着你了。"恍然想起白天把手机调成静音还没有恢复，再一瞅满屏都是红色的未接来电提示。

电话拨回去，父亲开口便是同样的质问，急切又气愤，我也埋怨他们不该给领导打电话，虽然他只是询问了下今天单位有没有发生什么事情。

之前我总以为这份工作的危险只来自于铁轨上停着

和跑着的车，现在看来还有一种是种在父亲心里的，与业务技能无关，与任何先进的设备也无关，只与我一个人有关。好像我对父亲的情感自从那次分歧之后，缝隙中便总是粘黏了些埋怨的颗粒，吹不净也扫不尽。这些不安分的颗粒时常将稳定的环境搅和得不安宁，这样的苗头从一开始就要扼制住，否则一来二去它就会变成习惯，反过头来控制住你，打着你的旗号，违背你的意愿，搞出一场不欢而散来。要知道这可是它最擅长的戏份，并且乐此不疲，但凡你稍不留意，它就又一次得逞，于是在这样的一次又一次之后，我终于下定决心清除掉它。

没有更好的办法，只能去翻翻再之前的记忆，希望寻得一点能对“清除行动”有所助力的蛛丝马迹。记得在稚嫩的皮肤还没有被胡楂戳破的年纪，我穿着父亲天蓝色的制服衬衫，戴着大檐帽，与制服配套的所有职业标志全都佩戴整齐。不得不强调一点，如果时间倒退回那个缺衣少鞋的年代，这样的行为或许不足为奇，而情况并非如此，那这张照片又该如何解释呢？只能是好奇了，孩子的好奇是万能的理由，对于所有大人们搞不懂，甚至连自己也出乎意料的那些行为，好奇都可以完美地予以解释。如果仅仅如此，那么这也只能称得上是个蛛丝马迹，还不能算是可以深入下去的线索，不过令我兴奋的是，它引着我竟然找到了一张我从没见过的照片。

照片拍摄的地点在某座机车车辆博物馆门前，所有人都穿着天蓝色的短袖制服衬衫，右手握拳跟着正前方的领誓人宣读着什么誓词，我和父亲也在其中。好奇，还可以是好奇，但也或许是我当时庄重地讲过什么，而在今天一不小心实现了，至于讲的什么早就记不得了，只记得有种微妙的感觉，这种微妙就是尴尬的前身，我故意全程避开父亲的目光，否则微妙立刻就将化为尴尬。事实上除了身旁的父亲并没有人注意到我，我用余光去侦查父亲的神态，他的高兴显而易见，或许他在心里也正期盼着我能够真正成为这张照片里的人。

由此可以得出结论，当下的境遇追根溯源都是曾经选择的必然，至于在分歧中迫于压力顺从父亲的要求，也不过是掩饰这种必然的一个插曲而已。即便没有这个插曲也会有那个插曲，如果不是这样，那一定就是上帝在偷偷打盹儿，等他醒来剧情便将反转。事已至此要说还有那么一点点不甘，恐怕就只能说说我出现在那张照片里的时机了。

当时那座机车车辆博物馆刚刚建成，馆藏的展品可都是大家伙，各种类型的火车头整齐地排成一排，在一间巨大却不显宽敞的展厅里，绿色的塑胶地面阻缓了游人的脚步，也消缓了游人初见的兴奋。是父亲单位组织了这场参观活动，我要求和他一起去，而且坚持要求，父亲也就同意了。不过现在我倒是有那么点怀疑，当时父亲是否也在为我以后的职业选择有意做些铺垫。十之二三吧，或许他觉得让我参加这样的活动总是有好处的，于是他成了参加活动队伍中唯一一个带娃的人。

集合出发前，父亲的同事发现我衬衫上缺了副肩章，为此他专门跑回办公室找来一副，旁边有人开玩笑道："你这肩章上的杠少了，应该把主任衣服上的那副给拆下来。"完美的伪装，令我特殊的存在除了与他同车间的同事以外，没有其他人知道。父亲这些同事中年纪稍大些的人我都很熟悉，因为我自小就在他们中间长大，在我很小的时候，每次去父亲单位都会有好几个人围着我，哄弄我也吓唬我。他们喜欢孩子，是那个年龄段的孩子惹人稀罕，也是他们这一代对下一代天生的亲近，是车站运转小楼里，父一辈对子一辈天生的亲近；子一辈那些孩子们当中，有不少和我一样又从事了父一辈的职业，自此也算是一次轮回吧。

其实我也不知是在过了哪个时间节点之后，对当年与父亲发生的那段不愉快的小插曲悄然释怀了。我有时问父亲是否会为自己四十年的职业生涯而感到遗憾，父亲说他可不遗憾，他用这四十年平淡的工作，换来了两个属于自己的伟大成就：一是让下岗多年的母亲顺利退休，二是供我读完大学进了单位，而其中又以第二个最令他欣喜与骄傲。

很多次我都想告诉父亲，他在我心中是一个怎样的形象。可往往话到嘴边又总是说不出口，像被什么阻塞住了，又或许是自己的小气在作祟，担心它由口而出之后，心里从此就会变得空荡荡的了。

第十六章 我的母亲

写了这么多，对母亲所花费的笔墨着实有些吝啬，尽管我是打算将这本小集作为退休礼物送给父亲，但我想这一定会引起母亲不由自主的小小失落。都说年纪越大，人就越像个孩子，可他们不会像孩子那样无所顾虑地表达情绪。悄悄的，瞒着你，背着你，想让你知道又不愿来烦扰你，结果也只是嘴边玩笑般的几句埋怨而已。所以，在这部书稿即将结束的一章，我为它起了个题目，就叫作——《我的母亲》。

我的母亲是很典型很传统的中国式母亲，矮个子，短头发，身上的肉有一点，不过距离胖还差得远。这是近来我对母亲的印象，可好像这个近来也有些久远了。这个印象再之前的一版就是我小的时候，母亲的个子要比现在高点，身材瘦点，而且有一头长发，其余的阶段变化总还是有的，不过印象已经模糊了。母亲初中毕业就进了县城的纺织厂工作，家和纺织厂距离并不远，但中间隔着几条铁道线，早晨、傍晚和深夜，母亲都会从那里穿过，规律的时间不停地循环。直到零几年时，呼呼啦啦来了一大群工人，用围挡将那个地方封堵了起来，只留下个小口子，不知当时经过这里的人会不会意识到，从此铁路与这座城市的关系即将发生历史性的变化。

果不其然，那个地方很快就搭建起了高高的脚手架，一个个大铁桶轰轰隆隆地转开了，沙子、石子被一股脑儿搅成泥浆吐出来，粘着砖石一块摞一块，一块排一块。起初大家都在猜测这会是个什么样的大工程，有的说是盖楼，有的讲是修路，也有的传是架桥，直到那些石块被堆砌出了雏形，大家这才确定这里果真是要建一座桥。然后关于这座桥的样式、走向又惹来了众多猜测，记得有次母亲从早市回来讲，市场上有人说这座桥直通到县城的最西头，这么一说这桥可就长了，算得上是个名副其实的大工程。可待主体落成之时，大家才发现这桥比传言里传的短了一截，不过短也有短的好处，从桥的另一头下去正好就到了母亲单位的大门口。从此桥便成了母亲的必经之路，不仅是上班下班，还有送我上学放学。

有天早上母亲送我上学，不记得是因为身体不舒服还是别的什么原因，总之我情绪十分低落地跟在母亲身后。母亲一言不发地走在前面，路过桥下一片杂草丛时，她忽然弯下腰在草丛里扒拉了两下，转过身手中捏了株狗尾巴草向我递来。狗尾巴草长长的根茎又细又滑，头部的一圈黄毛毛在阳光下根根分明，摸上去真像狗的尾巴一样柔软。我透过毛毛的缝隙看母亲，母亲的模样一块一块分散在空隙里，眼睛越靠近毛毛，母亲就变得越小，直到每一个空隙都是母亲，这样的游戏让我暂时忘记了心情的低落，也让我记住了这种随处可见的草。

不觉间，我好像已经有年头没有在城市里见过狗尾巴草了。前一阵去外地出差，入住的酒店附近有座大公园，清晨明媚的阳光泼洒向公园里一大片泛着黄色的狗尾巴草丛边，它们长势极好，又高又壮，齐刷刷向路边探出毛茸茸的头，或者应该说是毛茸茸的尾巴。我驻足一旁观赏着它们，接近二十年的时间过去了，当年母亲摘给自己的那株翠绿娇小的狗尾巴草，如今早已变了模样，当初透过毛毛的空隙看见了母亲，而此时却只有不知名的花花草草、深深浅浅的湖水和密密疏疏的芦苇，还有陌生的孩子在母亲的陪伴下嬉闹奔跑。

我上英语辅导班的地方，与母亲上班的工厂同在桥的一侧，但分别于左右两个方向。从桥的右手边下去拐进一个露天集市，径直向里走过第二个路口，左手边能够看到一个石拱门，这便是曾经我每个周末最抗拒的地方。只要走上那座桥，满心的抵触便如潮水般从心里翻涌进了眼睛里，又顺流淌下淹没了下桥的阶梯，而后又继续奔流淹没了集市和小区。母亲拉着我的手大步向桥下走去，义无反顾地走进我抵触与抗拒的浪潮之中。

有一回母亲在单位崴了脚，我本以为第二天的辅导班能够让我独自去上，可谁料想她竟然坚持要陪我去，就连父亲的劝说都不管用。母亲是这样讲的："他自己去就知道玩儿，一节课的学费白花了，有这钱在家玩儿好不好？"如此，父亲也没了办法，我更没有底气来反驳母亲，以往上桥下桥都是母亲拉着我的手，唯独那一次，变成了我搀扶着母亲。回家的路上，母亲在一家菜摊前，别扭地蹲下身来挑拣蔬菜。摊主看上去是个十分憨厚的农村妇女，头上包裹了条绿围巾，裸露的脸部有两团深色的红晕，像是从皮肤粗糙的纹理中溢出来的，让我立刻联想到东北冬天集市上售卖的"国光"苹果。

摊主一眼就看出了母亲的不便，“你脚怎么了？”

“崴了一下。”

“多长时间了？”

“昨天刚崴的。”

“我给你看看啊？”

“你会看脚？”

“会一点儿。”她先递过来一个小板凳让母亲坐下，待忙活完眼前几个顾客，便让母亲脱下鞋袜，只见脚踝处已经肿成了馒头状，女摊主摘下手套，摊开手掌平按在肿胀处，慢慢地朝一个方向揉按。

“骨头应该没事，就是聚筋了。我给你按按能缓解缓解，但还是要找个专业的人把筋揉开。”我以为她是“托儿”，接着就要给我们推荐专业的人了，可当母亲询问她去哪里找专业的人时，女摊主却摇了摇头，我又以为她要钱，但临走时母亲要多付些钱给她，却被拒绝了。最后，是我姨给母亲介绍了一家按脚的地方，把筋揉开后再养一养果然就好了。可是这揉筋的过程有多疼，几年之后我倒是亲身体验了一回，只不过我体验的，仅是母亲经历的疼痛之一部分。

没有经历过束缚的人是感受不到自由的。自人生第一场独自旅行开始，我便喜欢上了旅行的感觉。如果说那种走南闯北的快意是自由的魅力的话，那么这魅力总令人感觉不大尽意。记忆中，我感受过自由那令人痴醉贪恋的魅力，没有诗，只有一辆自行车、一把玩具铲，不在远方，只在楼下的公园、广场或者沙地上，自由愈是质朴，魅力愈是迷人，束缚也必定愈繁愈深，而年少时那些束缚背后，大都少不了母亲的影子。

我们家附近经常有群孩子在房前楼后玩耍，大一点儿的快要上初中了，小一点儿的还没上学。通常在每天吃过午饭之后，楼下便会传来一个孩子呼叫另一个孩子的声音，或是几个孩子不约而同聚在一块的声音。虽说我家住在顶层，可是老房子不隔音，外面稍有响动家里就听得清清楚楚。那自由的声音就像会飞的绳索，从窗外飞进来准确地套在我的心上，拽着我，拉着我……我是多么想立刻跑下楼去加入他们，可母亲却担心我跑丢了而坚决不同意。当然她会答应让我多看会儿电视或者带我去趟超市，既然明知出去玩儿是不可能的，我也就不会为此再做无谓的抗争。后来再长大点，我也不记得是怎么争取到了母亲的许可，并没有发生太过激烈的争执，好像一切都在按某种计划般顺利进行。

我和那些小伙伴们都玩儿了些什么呢？春天和秋天主要的游戏是“打卡”——一种圆形纸板卡片，上面印有许多不同主题的卡通图案，谁的卡片被打翻了，就要从自己的卡片中选出一张交给对方，俗称“交张”。新买的卡片又薄又脆是最容易被打翻的，往往那种在地上磨得已经看不清图案的反而能够屡创佳绩。

夏天是玩儿呲水枪的好时节——五毛钱或者一块钱一把的小水枪灌上水相互对射，如果那时候谁能够拥有一把加压水枪，就相当于拥有了“核武器”，自然毫无悬念会被推举为孩子头。为了公平起见，拥有“核武器”一方的人就要少点，不过决定胜负的关键既不是人数多少，也不是水枪等级的高低，而是谁能够找到持续补充的水源，可游戏玩儿上了头谁还会在意谁胜谁负呢？反正最后每个人都是湿漉漉地回了家。

冬天则经常会搞自助“小烧烤”，从家里偷偷拿出两个土豆和一个打火机，在周边捡几块红色的方砖围成一圈。随便找几个楼洞从一层跑到顶层，把插在门缝里的广告纸全部收集起来，用打火机点燃后扔进砖炉里，再把土豆也放进去，不大会儿的工夫，呛鼻又辣眼的黑烟就蹿升起来了。烤土豆要有耐心，第一次收集的燃料往往不够，大孩子便会指挥两个小孩子再去收集广告纸，直到把土豆金黄的外皮烤得黑乎乎的，而里面仍然半生半熟。但不管是生还是熟，每个人都能分到一块，大家围在砖炉前吃得津津有味。

这样的自由并没有持续多久便又被剥夺了，因为又长大了一些，距离那些所谓可以决定人生的考试更近了些。当年由于初中英语太差没有考上高中的母亲，却因陪我同上英语辅导班而成了位“二手英语老师”，当然她唯一的学生就是我。不知她从哪里听说初中学校的英语课不再讲音标了，而中考还要考，于是她授课的重点立刻转向了音标。母亲学音标也是老法子——标拼音，虽然这种方法专业老师不提倡，但不得不说“民间土方”还是管大用的。每一堂母亲的英语课总不会是和谐平静的，纠正、责备到怒吼，而后再有意识地尽量压低音调，这样的过程免不了要循环几个回合。

这时再来看看我，谨小慎微，努力掩饰住疑惑与迷茫，面对母亲的每一个提问，都仿佛置身赌桌前一般，押大押小全凭一念之间。押对了风平浪静，押错了狂风骤雨，我像赤身裸体在狂风骤雨中奔走一般，在冰冷的窒息中鼓足力量，发出一次又一次的疾呼与哭喊，请求灵感的点拨与神明的暗示。可不知是因我过于愚钝，还是因母亲太严厉，灵感也总是躲得远远的，终于煎熬至结束前的平静降临，我得以在窒息与昏厥的分界处松缓口气。

劳逸结合母亲也是懂的，结束后她会允许我出去玩儿一会儿，在附近一处废弃的大院里骑几圈自行车。我的大自行车已经在家里的柜子上睡得太久了，好在它还能够奔跑自如。两个轱辘刚一转起来，无需招引，清凉的风迎面便来了，那自由的因子顺着鼻腔钻进脑袋，自由的因子在自由地游荡，与敏锐的神经系统做着捉迷藏的游戏。不过很快它们便被纷纷擒获，自由的因子化成了快乐的讯号，与神经系统大获全胜的成就感叠加，于是我感觉到了倍增的愉悦与兴奋。更令人惊奇的事情发生了，就这么小小一会儿，刚刚痛苦的经历竟都了无痕迹，我高度怀疑这其中不单单是纯粹的物理变化，应该还有些化学反应。

那段时间父亲被调到了一个离家很远的车站工作，三四天甚至要一个星期才能回来一次。而那天下午，我惊诧地发现大院一端出现了父亲的身影。我向他挥手，他也向我招手，我立刻蹬着自行车向他骑去，在他的身边绕了一圈又一圈，风中的自由再次扑进了我的鼻腔里，迷醉了我的每一根神经。

对母亲严厉的印象基本都停留在我读小学期间，除了英语还有数学。我对数学缺乏先天的敏感与想象，甚至对其基本的逻辑结构都搞不太清楚，不过这一点在加减法阶段我还并没有意识到。某天清晨，母亲比往常提前了一个小时叫我起床，我睡眼蒙眬地被拉到了桌子前，没有面包和牛奶，只有一个熟悉的作业本。翻开页脚处被折了个大三角的那一页，居中线两侧写的乘法竖列式基本都被用铅笔打了个大大的叉，偶有几个打眼就能知道答案的例外。看看那些叉的形态，我仿佛看到了一股股在冰冷的深夜里蹿升起的热腾腾的怒气，这是母亲凌晨下班回来后悄悄批改的，这是多么不容易的悄悄啊！她竟然忍住了没有当时就把我叫醒。从那天开始，母亲要求我晚上睡觉前把作业本都放在桌子上，以便她夜里下班回来检查，也就从那天起，我时常会梦见一个愤怒的红叉从本子上自己走出来，主动弯下腰套在我的脖子上，将我无情地从床上拉起。

等上了中学，母亲的知识就跟不上我学习的节奏了，她所有的严厉开始悄悄退场，只有每次学校考完试公布成绩后的那几天会再出现。不过那不能叫严厉，而应该叫严肃，严肃的沉默勾起你的焦躁又堵住你的怒气，你想击碎这种阴郁，却奈何周围一切都软绵绵的，裹着你、挤着你、压着你。这是母亲的撒手锏，将我治得服服帖帖，反倒令我有几分怀念小学时她直截了当的严厉斥责。

总体来说母亲的束缚有二，此算之一，之二便是经济上的束缚，母亲的日子过得太仔细，对我如此，对父亲也是，对她自己更甚，这种程度是由低到高的阶梯形。关于这方面，我认为母亲是完全继承了姥爷的品质。

小时候每回母亲上班，接送我上下学的任务就落到了姥爷身上。姥爷出门常年戴着一顶蓝色中山帽，穿着一双老布鞋，但这两样东西都不太令我喜欢。姥爷的那顶蓝色中山帽戴了很多年，他习惯在帽子里垫张白纸，并且过段时间就会换张新纸，这种布与纸的搭配总让我感觉很难受。他脚上的布鞋就是最普通的板鞋，便宜又耐穿，唯独鞋边处那个U形束口的设计，令我觉得很不美观。姥爷接送我都是学校和家两点一线，从不会带我去商场，有次忘记是为了什么，姥爷带我去商场买了五块巧克力，每一块都是与我食指差不多大的圆锥体。巧克力没有牌子，外皮是五彩的锡箔纸，在黑暗中还能发出点点彩色的荧光，让我萌生幻想，像在星空中遨游，又像在金字塔上攀登，空气里散发着的、手指上沾染着的都是甜甜的味道。我当然不舍得吃，直等到它们流露出软黏黏的痕迹，才不得不剥掉美丽的幻想，先咬一口尖，再分两口吃掉剩下的部分。

我记得姥爷只主动给我买过这一次的零食，还记得母亲有一次坚决没有给我买。那会儿，我家楼下的公园门口常有个女人卖炒冰，公园当时还是收门票的，早八点到晚五点门票一块钱一张，其余时段免费，所以晚饭后是平日里公园人流量最大的时段。某天傍晚，那辆“炒冰”小推车第一次出现在了公园门口，而不巧的是它随即就被母亲给发现了。于是，她临时决定不带我去公园里玩儿了，以免因为炒冰的出现，衍生出不必要的麻烦。可我闹着一定要去，最后我们达成了一个“去玩儿可以，但不买炒冰”的约定。

起初那个神秘的小车前围了许多人，都在好奇地观望女人是如何把冰炒出来的。她的小车其实就是个移动的锅台，白色的锅里是还未完全融化的冰水，女人双手各执一把小木铲，从两边向中间不紧不慢地翻炒着。果然没过多久，锅里的汤汤水水就都被炒成了冰沙，她抓了把葡萄干洒进去，又继续翻炒几下，最后用铲子将冰沙堆成座小山状。还别说，那糯叽叽的样子着实能够勾得人口水四溢。风迎面吹来，为这座微缩的冰山增了凉添了香，而后再扑到我的脸上，令我忍不住直咽口水。这会儿围观的人陆续散开了，有一些继续向公园里走去，有一些则从兜里掏出钱来递给女人，小杯一块，大杯一块五，她让大家把钱直接放进铁盒子里，然后忙不停地一杯接着一杯盛冰沙，无论大杯还是小杯，杯口上都会冒出个尖尖，每个杯里还会插一支彩色吸管和一把白色小勺。没过多久，锅边高高的一摞塑料杯便见了底，此时人群已经完全散开了，女人这才注意到我的存在。

“来一杯吗？小杯一块，大杯一块五。”我没有回答，母亲也没有搭话。夏季的夜幕尽管降得晚一些，但总还是要降下来的。趁这夜幕完全合上之前，公园里的人开始陆陆续续往外走了，我仍然在门口的铁栏杆上跳上跳下，看着隔三岔五走出来的人在我面前停下买一杯炒冰，我终于忍不住向母亲开口了。

可是，炒冰卖完了。炒冰的女人哼着小曲，解下腰间的白围裙，推车离开了。我气呼呼地一口气跑回家，使劲敲开门后一头钻进了卧室里，还没等母亲进门，卧室里就传出来号啕的哭声，其实与那炒冰无关，只是一股委屈涌上心头。后来，我听见父亲询问母亲缘由时，责备她应该给我买一杯，母亲倒也没有解释什么，更没有提及我们的约定，或许她的确没有想到我会反应如此之大，如果想到了，她一定不会省下那一块钱的。

零几年的时候，母亲拿着买断工龄的几万块钱回了家，自此以后她的世界只有两个人——我和父亲，我们俩是她绝大部分的社交。母亲的手工活儿做得很棒，小时候我的毛衣毛裤都是母亲手工织的，从半夏时节开始，闲来无事母亲便坐在床边，两根长长的银针，一根挑着线穿到另一根上，似乎从窗外照进来的阳光都蹑手蹑脚的，生怕打扰了母亲灵巧的手指与专注的思绪。我看着她，双腿盘坐在床上，如画家一般，手中的银画笔一勾一挑绘出她脑海中的图形。唯有这个时刻，母亲脱离了琐事的缠磨，雅与俗的边界在此刻变得混沌不清了，或许本就是没有边界的，只是以世俗的凡心，很难将母亲这样普通的妇女与高雅之态联系到一起。

我总是嫌弃母亲织的毛衣又厚又重，最令我难以忍受的就是毛衣上的那些细毛毛，不出汗的时候扎人，出汗的时候黏人。许多个阳光明媚的午后，我坐在教室里，脑袋中不自觉地联想起一排排金黄色的小毛毛纷纷站立而起。金色的阳光准确地洒在每一个毛毛的细尖上，仿佛是对其战斗力的加持。想着想着身体便忍不住战栗了一下，这算不算是第三种束缚？我又产生了挣脱的念头，不过母亲织的毛衣，对抵御东北的严寒却是十分奏效的。后来商店里卖的衣服多了，价格不高款式还多，母亲的针也就此收进了箱子里。离家以后的冬天，再没经历过儿时那样的寒冷，可每年下雪的时候，我还都挺怀念母亲亲手织的那种毛茸茸的毛衣。前几年回家时，我曾想让母亲再给我织一件，没想到这一次母亲拒绝了我，她向我摆摆手，告诉我再也织不了了，因为现在眼睛花得已经看不清针脚了。

我当面对母亲的称赞，似乎只因为她做过的一两种面食。母亲在炒菜方面不灵光，做面食倒还蛮有一手，尤其是烙饼，小时候我最爱吃她烙的葱花饼，每次我都要她多放些葱花。现在母亲常说我的嘴在外面吃刁钻了，家里的饭菜不再能满足我的口味了。不过说归说，时不常的，母亲也总会琢磨出一两个新花样来。我很喜欢她做的菜饼子与南瓜饼，别看都是饼，工艺和口味的差别可就大了。

母亲做的菜饼子是用玉米面和白面两掺起来和的面，再把切碎的小白菜调成馅，像包包子那样用面皮包住馅，一边转一边团，最后轻轻压成饼。一口咬上去，油汪汪的小白菜，半粗半细的饼子面，香而不腻。母亲做菜饼子的独家秘诀，是在上屉蒸熟之后还有道额外的工序，那就是再煎一下。平底锅里倒上一层油，锅一热，油的香气便飘了出来，刚刚下锅的菜饼子面皮还是软和的，热乎乎的香气轻而易举就钻了进去，油把面皮的表面变成金灿灿的脆皮，香气便被严严实实地锁入其中。

出锅后咬上一口，两片嘴唇立刻变得油汪汪的，钻进菜团里的香气调皮得很，东碰西撞，这会儿又齐刷刷地往嘴巴里窜，还有那外焦里嫩的面皮，绝对称得上是母亲的点睛之笔。菜饼子在我们老家是一种常见的饭食，好吃也方便，尤其对出门赶路的人，装几个在包里，饭和菜就都解决了。以前火车站附近常有支锅卖这种菜饼子的，不过现在不怎么见到了，但母亲做的南瓜饼我倒是头一次见。

菜饼子的饼面是两掺的，南瓜饼则是三掺的，糯米面、白面与南瓜和在一起，形状圆圆的、扁扁的，也就拇指和食指握成个圈那么大，里面还夹了一层豆沙馅。小饼直接用油煎熟，表面也会有层金褐色的脆皮，吃进嘴里，糯糯的、甜甜的，还蛮有嚼劲。这是母亲的手艺最令我惊叹的一次，我告诉母亲如果她去市场上摆个小摊，一定不愁卖的。

上大学后，母亲再也没有表现出严厉来，她的脾气像是一下子消失了般，甚至有时还会小心翼翼地观察我的态度。起初我并未特别在意，心安理得地享受着母亲的和气与谨慎，后来有很长一段时间我都没有回过家，再回家时母亲早早就来到了出站口等我，拉着一只买菜用的小推车，把我的背包卸下，用绳子固定在车上，她就这样一手挽着我，一手拖着车。

我突然就想起了小时候，他们给我买的一个西瓜太郎牌大书包，比这个还要大，装满书后比这个还要沉，可母亲抬手就背上了身，从学校到家的距离比从火车站到家还要远，她就这样每天背一个来回。那时我看母亲要仰着头，现在我却得微低下头，才能看清母亲的脸。

时间仿若一把冰冷的刻刀，每过一日便就刻下一刀，如果说这是任谁也无法逃脱的代价的话，母亲付出的代价似乎格外之大，那些紧巴巴的日子丝毫没有获得时光的怜悯，反而一刀刀刻得更深了，或许这样才是公平的，因为时间要为那些经历过的辛苦留下等价的见证。

母亲好像是发现了我投来的目光，大方地扭头冲我笑起来。一瞬间我惊诧了，我忽然发现皱纹其实也大有用处，它将母亲脸上已显松弛的皮肤牢牢固定住了。忍不住，鼻尖一股酸涌，我移开了目光，稍稍放慢些脚步，踏踏实实地跟在母亲身后，而小时候我总是走着走着就跑开了，跑上桥，跑下桥，跑得摆脱掉母亲的视线，然后在某一条马路前，等待母亲的身影从桥上出现……

后说

从《秋落凡生》到《岁月刚刚好》时间不算长，不过我对文学与写作好像又有了些新的体悟。在《秋落凡生》伊始之时，我曾一心想要将它写成名著，于是精雕细琢，结果写得没有多少，也没见写得多好，反倒把自己累得不行，所以我不得不理智地判定此路不通。

好了，放下名著的执念，但我心中依然信奉文学之神圣，认为文学是有门槛的，可那门槛又究竟是什么样子的呢？高多少，宽多少，颜色如何？皆一无所知，反正很高很宽就是了。至于颜色嘛，还是鲜艳一点的好，显得庄重也高端。于是我在《秋落凡生》里一次次抬腿尝试去跨越这样的门槛，动作幅度一次比一次大，觉得自己迈过去了，又好像没有迈过去，这种反反复复的折磨一直到了定稿。我宽慰自己差不多是迈过去了，等到看见成书的那一刻，我便稍有底气地告诉自己，这就算迈了过去。起初写《岁月刚刚好》的时候我也在找那道门槛，不过这一次我发现事情好像并非如此。

《岁月刚刚好》里的所有故事都是那么平平常常，没有悬疑，谈不上精彩，这是三十年里我与父亲和母亲真实的相处记忆，如果说有些什么特色的话，那也就只有真实了。如此没有门槛的题材，将需要多么丰厚的经验与多么高超的技巧，才能加工成我所认为的文学作品？我是清楚地知道自己断然不具备如此才能的，难道就此停笔静候那波澜壮阔的故事降临到我的生活里？抑或是静候脑海中灵感的突然迸发？那么文学便不再是神圣的，而是神秘的，而是与玄学紧密相关的了。

我又回去翻了翻《秋落凡生》，尽管自始至终我都想要用笔尖把它雕刻得不平凡，可必须要承认如果说文学有门槛的话，那我仍然在它之外。忍不住，还是动笔了，或许有一种文学也可以不需要什么技巧，只是把经过作者筛选的某些人、某些事记录下来而已，就像那句家喻户晓的广告词所说的："我们只是大自然的搬运工。"这么一来，文学也要在我心中就此脱掉神圣的外衣，真正走进我平平淡淡的生活之中了。

当然，除此之外还有个特别的共通之处值得一提——无论是《秋落凡生》还是《岁月刚刚好》，其中大部分文字都是在路途中完成的，或是在高铁与地铁上，或是闲步于市井街巷中，好像只有动起来灵感才会更加亲近于我，所以我给自己写下的这些文字起了个名字，就叫作“路上文学”。

我对于写作《岁月刚刚好》这本书最强烈的动机是要作为父亲的退休礼物送给他，这也是我唯一能够想得到并且做得到的独一无二的礼物。因此，我唯一的希望就是它能令我的父亲与母亲感到惊喜与骄傲。

常常想起小时候每年过生日时父亲给我买的小蛋糕，就在我差点走丢的那个市场拐角处有家蛋糕店，橱窗里最小的一个尺寸，差不多也就比我的手掌稍微大点，五块钱一块，这在二〇〇〇年前后，也不算是便宜的。蛋糕装在双耳穹顶形的纸盒里，蛋糕的样式早已记不清了，不过我清楚地记得每个蛋糕上都斜插了把小伞，就是南方的那种油纸伞，木头做的骨架，彩纸糊的伞面，上面还有些花纹的装饰，大概有食指那么长，收放皆可，撑开时迎面会有股奶油与蛋糕的浓郁香气扑鼻而来。我时常会怀念起那块蛋糕，尤其是上面的那把小伞，可蛋糕常有，伞却没有再见过。我原以为这个蛋糕、这把伞只有我记忆深刻，却没想到父亲记得比我还清楚，与之一同记住的还有我给他做过的一碗寿面，准确地讲面是母亲做的，我只是将母亲切好的黄瓜条，再修剪加工得长短不一，然后在面条上歪歪扭扭地摆成个“寿”字，这是我擅长的，就像从小与父亲玩儿的“你写我猜”的游戏，每个字都是歪歪扭扭的。父亲说，每年生日他都会想起我给他弄的寿面，他给我买的小蛋糕，真好，真好。

这算是“礼尚往来”吗？如果父亲不说，我永远不会意识到这种极简的“礼尚往来”，竟然给了父亲能够持续如此之久的幸福怀念。

前不久度过了自己的三十岁生日，俗话说三十而立，从此之后当是一个全新的人生阶段了。可令我万万没有想到的是，让我意识到人生进入新阶段的不是蛋糕，而是母亲。那几天有次和家里通话时，母亲娴熟地将话题又拐到了婚姻的问题上。我本以为母亲又要老生常谈，便不耐烦地想要结束这场交谈，然而接下来母亲所说的，却惊得我许久没有说出话来。她语气感慨地说道：“你还是找个对象结个婚吧，怎么也得有个家呀，也好有人陪着你，至于你想不想要小孩都行，我们就不管了。”

我简直不敢相信自己的耳朵刚刚听到了什么，我甚至要怀疑是不是出现了幻听。我赶紧追问她这是怎么了？出了什么事，竟然让她一贯传统的思想发生了如此巨大的转变。可扫兴的是什么都没有发生，或许又是哪个醒来后没了睡意的夜里，母亲对着黑夜思考人生的结果，思考她自己的人生，也思考我的人生，尽管她对我远在他乡的生活知之甚少，但这依然不妨碍她的深思。一直以来，我都因母亲全职在家的原因，而认为她的思想早已沉入了时代洪流的沙底，现在必须要承认是自己小看了母亲，小看了母亲的人生，小看了那数量巨大的微渺劳动对母亲产生的影响，小看了我在母亲心目中的位置。

那父亲呢？他如此喜爱孩子，他又怎么可能会同意母亲的想法？事实是父亲的确情有不愿，而我无论如何也想象不到，他竟然没有反对，或许沉默也是反对，但默许也不能被排除在外。如此一来，我真的完完全全彻彻底底地成了他们的唯一，纯粹，没有丁点儿杂质，如果这是一块玉，那纯度如此之高的材质必定价值连城。

在这个结束初稿的日子，实事求是地讲，我的内心是焦急的，我焦急得想要立刻完成它，然后以如释重负的心态迎接第二天的到来。尽管我心里再清楚不过，如释重负只是在停笔的瞬间，它绝对不会延续到自己再次从睡梦中醒来。哪怕我依然在为这即时的快感而苦思、而疾书，但我仍旧无法忽视心中的不舍，与回忆深处的万缕千丝，与父亲、母亲共同度过的那些岁月，总感觉意犹未尽，却又对这其中隐隐的“意”不知该如何捕捉与呈现。忽然想起史铁生笔下“梅姨”的那句忠告：“写作这件事没什么好的办法，只有等。”既然如此，那不妨就把“意”的问题留到下一个阶段的工作中去吧。看来这件事仍然任重而道远，不过至此，最起码我对过往的一些事情已经坦然。

曾经在某个香甜的睡梦里，我走上金光闪闪的舞台，抬手摆正领带结，眼含泪光地对台下观众们说：“是我的父亲与母亲，是他们用辛勤的劳动给予了我在这个世界里越走越远的勇气。”

于初冬济南

2023 年 11 月 21 日

叨叨几句

我所有的思想与行动，如果产生了一点点成绩，那其中最根本的动力源泉，就是父亲与母亲最宽广的包容与最无私的宠爱。

——题记

两个月前，我将发在报纸上的一篇文章转到了微信朋友圈里，而当时并没发现图片的清晰度有问题，结果第二天给家里打去电话，父亲说母亲的眼睛不太舒服。我紧张地赶忙询问情况，结果父亲告诉我，前一天晚上母亲在家里用放大镜对着手机，读我发在微信朋友圈里的那篇文章，两千字的文章母亲逐字逐句读了下来，然后她对父亲嘟囔了一句："咱怎么以前没发现'小儿'

有这个特长？”

这件事令我鼻子一阵酸楚，感动的同时我惊喜地发现，在这个薪水有限、生活往往还需要父母支援的人生阶段，文字竟然能够成为他们对我的骄傲，这难道不应该是我乐此不疲写下去的动力吗？这当然是我的幸运。

我越来越发现，他们同样是我的骄傲，因为他们的善良、朴素、勤劳、耐苦、节俭，让我始终清楚地知道自己要成为一个什么样的人，这亦是我人生最大的幸运。

最后，谨以此书致将每一点一滴的爱都慷慨给予我的父亲、母亲。

我爱你们！

于深圳

2024 年 2 月 23 日

感谢

这一次，实事求是地讲首先要感谢我的父亲和母亲，在他们毫不知情的情况下，贡献了本书中所有的素材。

每每写下重要的一段或者写完全篇之后，对那一行行密密麻麻的文字感觉拿捏不准时，便常常不辨时机地发给我的老友帮忙试读，尽管她也是每天琐事缠身，却总能够随时随地地接受我的叨扰，并且从未有所抱怨。在尽心尽力给予我一个读者真实的感受，热心的探讨与细致的交流之余，还不遗余力地给予了我莫大的鼓励与坚定的信心。在此我要由衷地向所有信任我、支持我、鼓励我，以及批评我的朋友与师长们道一声感谢。

我还要特别感谢身为山东省书法家协会会员、山东省美术家协会职业道德建设委员会委员、中国铁路书协理事、中国铁路美协会员、全国公安文联会员、济南铁路书协常务副秘书长、济南铁路美协秘书长的李超老师，感谢他欣然应下我冒昧的求画之请，以其真挚的画笔，绘出了本书扉页那两幅令我倍感惊喜的画像。

不得不提的还有一位我的意外挚友，我们虽为同行，但我与她的相熟却极其意外，缘于我所出版的第一本小说，且与小说的内容无关。更加令我意外的是，她的读书之广泛是我慕所不及的，她的某些见解之独到弥补了我认知的片面，她的自我独立人生观念之豁达，启发了我对人生诸事的思考，她对这部作品及时的认可与称赞，令我在受挫后重拾自信。我当然自知这其中必有出于友谊的宽容与爱护，唯有无以复加的感念，作为我真诚的谢意。

于昌邑

2024 年 8 月 29 日